U0119097

社會 教育 民俗 經濟 政治 法律 歷史 地理 文化 遊記 傳記 考古 語文 文學 新聞 美學 書畫

國學／群經／哲學／邏輯／心理／倫理／宗教／神話／數學／天文／物理／化學／地質／動物／植物／家政／農業

字例略說

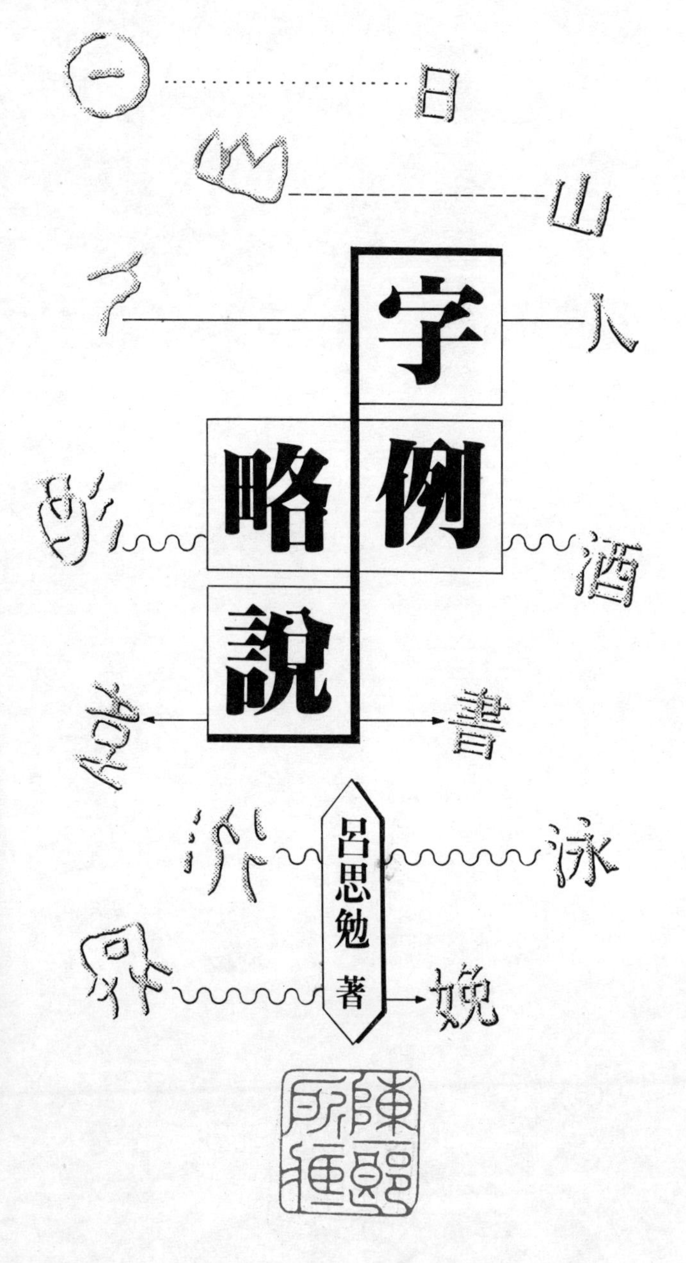

呂思勉　著

臺灣商務印書館　發行

字例略說

目錄

第一章　六書非古說

學問之事烏乎始？曰：始於求條例。凡天下事，必有其所以然之故；治學問者之所求，則此所以然之故而已矣。顧所以然之故，非可徒得也；必先知其然，然後能知其所以然；而欲知其然，又必即其事分析之，至於極微，然後其所謂然者盡；所謂然者盡，而所以然之故，乃可進求矣；天下事無論分析之至如何詳盡，終必有其公共之理存；若是者，昔人稱之曰「道」；而無論何事，亦莫不可分析之至於極微；若是者，就其事之可分析言之曰理，就其分析所得者言之，則曰條，曰例。說文：「條，小枝也，」蓋引伸為枝分之義。又曰：「例，比也。」段氏曰：「漢人少言例者；杜氏說左傳，乃云發凡言例；蓋古衹云理而已。」予案今人所謂原理者，昔人稱之曰道。所謂條件者，昔人則曰條曰例。例蓋列字之分別文。說文「列，分解也。」由分解之義，引伸為條例；更引伸為比例也。此凡學問之事皆然；文字之學，亦何獨不然。吾國有文字之學，蓋始於漢。詳見拙撰中國文字變遷考。集漢人文字之學，著為一書者，則始於許慎之《說文解字》。許君謂俗儒鄙夫，不見通學，未嘗覩字例之條。蓋其學之異於流俗者，亦在其條例而已。

然則許君所謂字例之條者，果安在哉？則通觀全書，惟六書之說，足以當之。六書之說，《許序》以為出於周之保氏。後人因謂許氏字例之條，必傳之自古。其實非也。六書之說，惟見於《班志．許序》及《周禮．保氏注》引鄭司農之說。夫學說不能突然而生，苟其既經發明，則亦必有人祖述。吾國字書，自《籀篇》至《彥均》，皆為四言或三七言韻語。見中國文字變遷考。以字形分別部居，實始於許。夫自周初至漢末，歷時已逾千年，《周禮》固戰國時書，其距漢末，亦數百載；果使其時已有六書之說，安得自許以前，迄無用其法著字書者？而班、鄭、許三人而外，且迄無提及者乎？古微書孝經援神契有一條云：「蒼頡文字者，總而為言，包意以名事也。分而為義，則文者祖父，字者子孫。得之自然，備其文理，象形之屬，則謂之文。因而滋蔓，子母相生，形聲會意之屬，則謂之字。字者，言孳乳寖多也。題之竹帛謂之書。書者，如也，舒也，著也，記也。」予昔讀此條，以為此乃六書之說，出於班鄭許之前者。其說惟有三書，可見轉注假借，不能與象形會意形聲並列，即指事亦可并省也。繼讀張懷瓘書斷，乃知孫書此條，實據書斷誤輯。書斷原文云：「案古文者，黃帝史蒼頡所造也。頡首四目，通於神明。仰觀奎星圜曲之勢，俯察龜文鳥跡之象，博采眾美，合而為字，是曰古文。孝經援神契云：奎主文章，蒼頡倣象是也。夫文字者，總而為言」云云。其中惟「奎主文章蒼頡倣象」八字，為援神契之文。餘皆張氏之語。孫氏顧舍此八字而輯其餘，可謂傎矣。

且六書之說，豈可以教學僮哉？教學僮以文字者，則使之識其形，審其音，明其義，且能書寫之而已。此項教法，實以集有用之字，撰成韻語，使之熟誦為最易。今日閭里書師，其教學僮，猶用《三字經》、《千字文》等，其法蓋傳之自古。社會現行之事，往往為古代之遺，故多有足考古制者。舊時之童子師，教學僮識字有二法：㈠字字分別使識之，俗所謂方字是。㈡則授以韻語，如三字經千字文等是。後法蓋傳之自古，實較前法為便。然其書久不編纂，不適於用，不得不別易有用之字，別易有用之事，而未嘗編成韻語，即成方字矣。若以六書之說教學僮，是猶今之教學僮者，用字典分部之說也。有是理乎？又六書之說，許似不甚明了。許說某字當屬六書之某種，而其實不然；及依許說，則在六書中無類可歸者甚多。如蠹之或體𧒢，說云：「象蟲在木中形。」此字依許例，衹能說為指事，不能說為象形，許說實誤也。又如倒文反文等，在六書中實無可歸附。皆見後。即如指事，許惟於上下二字下言之，仍不出〈敘〉所言之外；此尚係大徐本如此。小徐本則下下云。「從反上為下，」并不言指事。轉注假借，則全書不及。夫許氏所斤斤焉自謂異於俗儒鄙夫者，字例之條而已；其所謂字例之條者，則六書而已；乃許於六書之說，茫昧如此，何哉？曰：《許書》本博采而成，其〈敍〉亦然。（見中國文字變遷考。）六書之說，亦成說而許氏采之。其說本不過舉示梗概，未嘗即當時之字，一一定其當屬何書，故許亦無從質言也。夫學問歷時愈久，則研究愈深；研究愈深，則立說愈密。果使作《周禮》之時，已有六書之說，至許君時，研究者必已甚多；某字當屬某書，當早有定論；安得茫昧如此？故六書決非古說也。

然則六書之說，出於何時乎？曰：當出於西漢之世。吾國有文字之學，實始於西漢，予撰《中國文字變遷考》，業已言之，今觀於六書之說而益信也。中國字說，足當字例之目者，厥惟六書；漢以前之字說，實萃於《說文解字》；前文業已述及。今觀《許書》說解，顯分二派：其㈠：如王下引「董仲舒曰：古之造文者，三畫而連其中謂之王。三者，天地人也，而參通之者王也。孔子曰：一貫三為王。」公下引「韓非曰：背私為公。」凡其說在西漢初年以前；古文學未興之世者，大抵借字形以說義理，而非說字之條例。（故諸生「以其所知為秘妙，究洎聖人之微恉」也。）又其㈠：如揚雄等，其說有合於六書之條例者，則大抵在古文學既興之後。緯起哀平，然其說字，尚多不與六書合。觀俞正燮緯字論可見。此等舊說，雖不如許說之善，然漸知即字形以求造字之故，與純然借字形以說義理者不同，實為新說之本。故許氏雖詆當時諸生廷尉等為俗儒鄙夫，而於此派字說，亦卒不能盡廢。如緯字論所引「一大為天，」「十加一為士，」「禾入水為黍，」皆與說文同是也，又此等舊說，不如許說之善，係就大體言之。若逐字論之，則亦未必新說皆長，而舊說皆短。試就許氏所斥「馬頭人為長，」「人持十為斗，」「虫者屈中，」「苛為止句」論之，即可見矣。夫曰「馬頭人為長」者，人之長者，其項必長；馬之項固長於人；其善者，又恒昂首騰驤；習見之畜，如牛羊等，其項皆不如馬長；故以馬之長方人。夫馬之長，其可見者在鬣。故言馬之長者，必舉其鬣，而鬣遂為狀長之詞。許書髟部：「鬣，髮鬣鬣也。」囟部，「巤，毛巤也。象髮在囟上，及毛髮巤巤之形」此兩字指毛髮。人部：「儠，長壯儠儠也。春秋傳曰：長儠者相之。」則以鬣狀身長矣。長鬣二字，見左昭七年十七年，及國語楚語。杜預韋昭皆釋為美須髯，殆非也。許說𩡧字曰：「象馬頭髦尾四足之形。」蓋以目象頭，長其畫作𤉢者，與从目又从彡同。彡以象髦。髟部曰：「髟，長髮猋猋」是也。𠑹以象尾及四足。髦即鬣也。然則謂馬頭人為長，其說極確。許說𠂒字曰，「从兀，从匕。兀者，高遠意也。久則變化。亡聲。𠃊者，倒亡也。」迂曲甚矣。其所載古文𠙗𠑷，下體固皆从人也。云「人持十為斗」者，十非「數之具」之十，蓋象斗形。猶許書支下云「从又持十」也。虫中二字，古音相同。故詩桑柔「征以中垢，」韓詩作「往以虫垢。」屈中字之畫以為虫，許書說字，亦有此例，見後。苛人受錢之苛，廷尉說其字為止句，則當作岢。此音含義甚多：有今所謂大聲呵斥之義，有責問幾察之義，有拘執之義，有指撝之義，甚至有分裂之義。其所作之字亦不一。今所謂大聲呵斥之義，依許書當作訶。言部：「訶，大言而怒也」是也。責問幾察之義，正字作呵，蓋與訶為音義皆同字。亦借何苛荷三字為之。周禮天官宮正注：「幾荷其衣服持操及疏數者。」釋文，「荷，呼可反，又音何。」閽人注「苛其出入。」釋文：「苛本又作呵，呼何反，又音何。」地官比長注：「呵問繫之。」釋文：「呵，呼何反，又音何。」阮氏校勘記云：此呵字「葉鈔本釋文作荷，嘉靖本呵字剜改，蓋本作荷。」皆呵何苛荷通用之證。說文雖有訶字，而其用諸說解者，仍錯雜不一。言部誰下云：「何也。」此即賈子書「陳利兵而誰何」及「大譴大何」之何，是許亦借何字也。言部「詆，苛也。一曰訶也。」小徐本作「荷也。」「一曰訶也」四字，必後人校語。原本作苛作荷未可定，恐當以小徐為是。因大徐本失真處更多也。敍譏廷尉以苛之字為止句，則許意苛人受錢之苛當作苛，是許亦借苛荷二字也。其訓拘執之義者，說文作拘，亦作抲，句部：「拘，止也。」手部：「抲，撝也。周書曰，盡執抲。」今書作拘是也。漢律借苛，廷尉以為當作岢，而廣韻又有岢字。訓指撝及分裂之義者，說文作撝。手部：「撝，裂也，一日手指撝也。」雖不及拘執之義，然抲下引周書而訓以撝，則許意撝亦可訓抲。合裂也手指撝也，凡有三義。裂也之義，即曲禮「為國君者華之」之華。注謂「中裂之。」今人書其字作畫，而狀其既中裂後之形則作豁。闇人釋文：「徐音黑嗟反，」正與今人讀華畫豁之音皆同。可見抲撝二字，亦係同音，故許以之互訓也。夫此一音，所含之義，如此其多；所作之字，如此其眾；安能別其孰為是，孰為非？苛人受錢之苛，何以可作苛，不可作訶乎？且尋常之字，義解恆甚紛歧，而解釋律文之時，則宜使之確定。苛為假借字，含義甚廣；訶則王氏筠所謂後起分別之字，只分其一義者。說律之時，宜讀苛為訶，章章也。果如許說，可作苛不可作訶，則許說苛為小草，引伸為凡小之稱，斷獄之時，亦得以苛細之義相周內乎？若謂許意亦如今人，以舊有之字為正，後起之字為俗；苛為舊有之字，故以為正字；訶為後起之字，故譏為俗字；則許又何以收拘抲訶三字乎？亦可謂知二五而不知十矣。要而言之：以許書全體與舊說相校，自覺後起者勝：一一衡之，則許說有仍與舊說同者，有反不如舊說之善者。蓋字說本逐漸進步，許譏諸生廷尉等為俗儒鄙夫；詆其說「不合孔氏古文，謬於史籀；」以為與己之所學，截然異物；而不知許所博采之通人，其說正自此等說轉變而來，故形跡尚未盡泯，而得失亦且互見也。此實許書字說，為西漢後逐漸發生，而非遙接保氏史籀之傳之鐵證矣。

此即許氏所謂通學，所謂字例之條者，當先漢之末，尚未大盛之證，安得周時已有其說乎？然則《周禮》六書，殆亦蕭何六體之類；兩漢之間，指事象形等六書之說既出，鄭司農乃以之釋《周禮》，實屬謬誤；而許君沿之；亦或當時古文家之說而鄭許用之，未必定鄭許之誤也。而《班志》則又後人據鄭、許一類之說竄入者也。班志此處為偽竄，見中國文字變遷考。

《許書》所以為後人所信者，以其所說多字之本義，而經典所用多引伸義；凡本義必實指一事一物，而引伸之義則不然；人因信許說傳之自古耳。人之語言，誠應先實事實物，而後及於玄虛之義。然至文字孳乳寖多之時，是否尚是如此？則亦可疑！然則許說字義與經典異者，究係經典所用為後起之義，而許說為其固有之義？抑語義本不指實，造字者因無可著手，乃託之於實事實物，猶未可知。如「頗，頭偏也，」似為本義，而訓頗為凡偏之詞者為引伸之義矣，然從皮聲之字如詖，亦得偏義，又何以說之？即謂果有本義，經典皆已不用，許氏何由知之。許書所說本義，有經典全不見者，觀願字段注可見。王氏筠曰：「上古有是語，而中古無之者，即其字雖存，而其義遂湮，祇傳其通假之義。」故許君說字，有支絀者。見說文釋例卷一。則許說之多本義，殆亦皮傅字形耳。許氏皮傅字形為說，段氏已言之，如苗字是也。愚案古人本有隨文訓釋之例，依附字形為說，亦其類耳。如饕餮二字，說文皆但曰「貪也」。引「春秋傳曰，謂之饕餮。」而賈服及杜，則皆曰「貪財為饕，貪食為餮。」此非別有所受，乃承上文「貪於飲食，冒於貨賄」言耳。如其不然，則亦渾訓之曰貪矣。然則許書疢為「熱病，」頗為「頭偏，」亦以其字從火從頁而言；假令易其偏旁，即說解亦當隨之而異矣。夫許書有時據字形為說，而有時又不然。如訓牡但曰「畜父，」不曰牛父，牝但曰「畜母，」不曰牛母者，其書係博采而成，大體一仍其舊，不加改動故也。後人作說文釋例者，如王氏筠，其用力可謂勤矣。而烏知許氏之書，其體例初不畫一乎？王氏曰：「許君立說，必與字形相比附，故有恒見之字，說解反為罕見者，為恒見之解，與字形不合也。利自此生，弊即自此生。反古復始，其利也；古義失傳，形體傳譌之字，必求確切，遂致周章，其弊也。」其說最通。此乃據形立說之例，至許氏而後明，非真有本義傳之自古也。許氏詆俗儒鄙夫，「不合孔氏古文，謬於史籀。」然許書十九皆小篆；其所以能據形系聯，分別部居，不相雜廁者，正以所載皆小篆，故能整齊如此耳。必欲求三古遺文，則如異於古文之奇字，已非六書之例所能說矣。故六書決非古說也。

凡事前修難密，後起轉精。六書之說，出於漢世，距今已二千餘年，其說自不能甚密。求其詳盡，則六書八書不啻；若但揭舉大綱，則轉注假借二者，固不容與象形指事會意形聲並列也。見後。果使後世治文字之學者，師古人立字例之條之意，而勿泥其所列之條；以六書之說為基，更求詳密；則迄於今日，字學必已大明。惜乎二千年來：昧者則認六書為皇頡造字之條例，謂其先定此例，而後依之造字；即知其不然者，亦以六書為古說，不敢破壞，有彌縫匡救，而無改絃更張；如王筠即其人也。筠撰說文釋例，其言曰：「六書之名，後賢所定，非皇頡先定此例，而後造字也。猶之左氏釋春秋例，皆以意逆志，亦比類而得其情，非孔子作春秋，先有此例。」其說可謂通達。然其書則仍以彌縫匡救為主，非至萬無可通，不敢非議許說也。遂致為成說所拘，用力雖深，而立說終未能盡善，此則尊古太過之弊也。予謂今日研究文字之學者，實當自立條例，不必更拘成說。然茲事體大，非予淺學所能；且六書之說，傳之二千餘年，一旦破之，未免駭俗。故茲編所論，仍以六書為綱領；但於其說不可通之處，亦時加以論列焉；期為，治斯學者闢一途徑而已。

第二章　六書之名及次第

六書之名及次第，班、鄭、許互有不同。〈許序〉云：一曰指事，二曰象形，三曰形聲，四曰會意，五曰轉注，六曰假借。《班志》云：象形、象事、象意、象聲、轉注、假借。鄭司農則云：象形、會意、轉注、處事、假借、諧聲。案象形轉注假借之名，三家俱同。指事、處事、形聲、諧聲，立名雖異，於義俱安。惟班於事意聲亦皆云象，則理不可通。至其次序，則當從班，以象形居首，指事、會義、形聲次之，轉注、假借又次之。以六書之中，足當文之目者惟象形；而轉注、假借，雖亦具造字之用，究與其餘四書，又有不同也。

第三章　象形

〈許序〉云：「倉頡之初作書，蓋依類象形，故謂之文。」又曰：「文者，物象之本。」

此語段依左宣十五年正義補。案書序疏引說文，亦有此語，段氏補之是也。

然則象形實居文字之初。其創制也，直取象於物，自無從更加以他字。故鄭樵謂「獨體為文，合體為字」也。然象形文字之初出者，固無從更加以他字；而其出較晚者，則亦或加他字以見意。如木部：「果，木實也。从木，象果形，在木之上。」「朵 樹木垂朵朵也。从木，象形。」又如巢下云：「鳥在木上曰巢，在穴曰窠。从木，象形。」此等字，不從木即無以見意。謂其初但作 ⊕，作 □，作 □，而木字為後人所加，固不可；謂其造字之時，即各兼象木形，而非取固有之木字而用之，於義亦未安也。故昔人謂象形字，亦有獨體合體之分，其說極確。然此等字為數究少；從其多者論之，則皆原為獨體之文，而後人乃加以義旁聲旁，而成為合體之字者也。象形字之加義旁者，如 □，「象其札一長一短，中有二編之形。」本獨體字也；古文 □ 加之以竹，則成合體字矣。其加聲旁者，如 □，「象口齒之形，止聲」是也。又如 网 下云：「从冂，象网，交文。」案此字不从冂，則無以見其為网，故仍當說為獨體象形字。然其或體 □，則加亡聲；又一或體 □，則又加糸為義旁矣。此皆見於許書者，其不見許書者，如 豐 下云：「豆之豐滿者。从豆，象形。」而大射儀注云：「豐，其為字从豆，□ 聲。」則似別有 □ 字。不知許書未載歟？抑漏脫而後人改豐下說解也？又按生部：「丰，草盛丰丰也。與豐音義皆同。則 □ 已為合體字，其造法與幽字略同。而豐之古文作 □，則 □ 與丰亦無別矣。此等字有遂分而為兩者，如竹部笠互本一字，因互行交互之義，而笠遂加竹；箕及 □ □ 亦一字，因假義行，而其本字乃或加丌或加竹也。今《說文》中所存之字，固已不古。其十之八九，皆後人加以偏旁；或則筆畫轉變，失其原形。故居今日而欲求初文之形，厥有兩義：㈠當博搜古字，而不可為《說文》一書所限。籀篆以前之文字無論矣。即隸書，其原起，亦與篆書同時，並非承小篆而變。詳見予所撰中國文字變遷考。夫隸書之原起，既與篆同古，則就之以求古字，其可用，自亦與篆書相等也。㈡則凡字皆當分析之，以求其初形；不可認現在之形，即為初造之文。斯事繁賾，引其端尚易，竟其業實難。予於小學，愧非專門，未能從事於此。惟少時嘗就《許書》，求其字之足當文之目者，無論其尚為獨體，抑已為合體；尚為原形，抑已經轉變；悉行寫出，而為之鉤求其所以然之故焉。名之曰《說文解字文考》。今亦別寫為書，所造雖淺，亦足供治斯業者之參證也。

文字之初，原於圖畫；然有異於圖畫者二端：㈠圖畫貴於肖物，文字取足示意而止，故其筆畫必簡。㈡圖畫祇能象有形之物，若無形之物，祇能於有形中曲傳其意，而文字不然。故凡字之直接象物，或以極簡之筆畫示意者，皆初文也。

字之直接象物者有二種：㈠象有形之物者，如牛羊犬等字是。《許書》載孔子之言曰：「牛羊之字，以形舉也。」又曰：「視犬之字？如畫狗也。」雖未必果為孔子之言，要為許以前說字者之說。（許書引孔子之說凡八：王，士，几，黍，羊，犬，貉，烏是也。說字託諸孔子，蓋一時風氣如此。）今篆書之牛羊犬字，橫看之，即成牛羊犬之形。雖其筆畫甚簡，原與圖畫殊科；然二者本非同物，或後來轉變求簡，或初造之時，原祇如此，要為直象物形。說字者之說，原不誤也。㈡其象無形之物者，如 [seal script]

等是。

文字以簡畫象意者，亦有數種：其最簡者，如╲一丨是。《說文》中╲一丨所象之物甚多，非專訓數及「上下通」及「有所絕止而識之」也，詳見《說文解字文考》。其稍繁者，則屈曲其畫。如一下垂而為八，丨上趯而為亅乚，左右戾之而為丿乀是。更繁複即用多畫。如積一而為二三☰，交╱而為×，交一丨而為十，及 [illegible] [illegible] 等字是也。

畫簡而所象多，非徒╲一丨等一畫者為然也，即稍多其畫亦然，如 ψ 彡 等是。亦見《說文解字文考》。《許書》明言相似者，即此類也。許書明言相似者十二：鳥下云：「鳥之足似匕，从匕；」角下云：「角與刀魚相似；」虎下云：「虎足象人足；」彘下云：「彘足與鹿足同；」舄下云：「與禽离頭同；」鹿下云：「鳥鹿足相似；」㲋下云：「頭與兔同，足與鹿同；」兔下云：「兔頭與㲋頭同；」能下云：「足似鹿；」魚下云：「魚尾與燕尾相似；」龜下云：「龜頭與它頭同；」禽下云：「禽离兕頭相似」是也。此等為許君原文與否姑勿論。即謂後人添注，亦必古有是說。匕刀儿等之多所象，猶╲一丨ψ彡等之多所象也。

欲示其物，則直象其形，此實最粗淺之法。但較結繩已有進。後人或以造獨體之文，為神聖之業；而造合體字之法，轉居其下，非也。古人於象形之外，不知更有他造字之法，故其所造之字，必不能多。使其逼肖物形，則雖窮於無形之字，尚不窮於有形之字也。然文字究非圖畫，勢不能如圖畫之繁。故博象世間之物，而其筆畫又須極簡，則真窮於術矣。造字不多，則不能足用；此古代形借之字之所以多也。見論假借。此因古人所用之字，究屬不多，故可勉強攝代；若在後世，則不惟混淆，亦必不能足用矣。此象形字之所以窮，亦獨體字之所以窮也。

象形之法，稍進之，則為增減或屈曲其字之筆畫以見意。此其異於純象形之字者，以其為既有字之後，乃就而用之，非復取象於物也。減筆或屈曲其畫之字無論矣。即增畫之字，亦不容說為合體象形者，合體象形之字，所增加之一體，必係取象於物，此則僅增一畫以示意；合體象形，合兩體以上以成一字，所用者已係合體之法，此則就固有之字，稍加改變，所用者仍係獨體之法也。增畫之字，如又部之㕚是。減畫之字，如凵之於口，朩之於木，孑孓孒之於子是。此等減畫之字甚多，如几「鳥之短羽飛几几也。象形。」㐱「新生羽而飛，从几，從彡。」亦可說几為㐱減彡。𦫳，「羊角也。象形。」羊下云：「从𦫳，象頭角足尾之形。」案羊字上出兩斜畫象角，上橫畫象頭，次兩橫畫象四足，直畫象尾，亦可說卝為減羊兩橫畫。凡從𦫳之字，直畫皆甚短，蓋本無此畫，寫者依部首增之。則亦可說𦫳為卝，減羊字之干，專象其頭角也。屈曲其畫之字，如屯之於屮，朩之於木，夭交尢尣於大是。此指就固有之字，屈曲其畫以見意者。如其造字之初，本取曲畫者，不在此例。如甽下云：「象耕田溝詰屈之形，」九下云：「象其屈曲究盡之形」是也。

又有引長其畫者，亦與屈曲其畫相類。如廴下云：「長行也，从彳引之；」世下云：

「三十年為一世，从卉，曳長之」是也。丰有云：「从生上下達，」永下云：「象水巠理之長，」實亦此例。至造字之初，本取長畫者，則亦不然。如肉部胤下云：「子孫相承續也，从儿，象其長」是也。

有所謂从古文之象者，此係字體之傳譌，或寫者改變字形，與增減屈曲其字之筆畫，有所為而為之者，相似而實不同。此例許於革於弟民酉五字下言之。又大下云：「古文大，」亣下云：「籒文大，改古文；」亦其例也。然實係此例，而許未言之者甚多。如回下云：「轉也。从囗，中象回轉之形。」皮下云：「从又，為省聲。」其說皆極難通。此實承古文皮籒文皮而變耳。攴部：徹，「通也。从攴，从育。」王氏筠曰：「从育不可通，直是古文徹形變。」予案鬲下云：「鼎屬，象腹交文，三足。」𠮛無所取義，石部䃒从鬲聲，其字作鬲，蓋其未譌之形，川象三足，⊠象腹及交文，一象其蓋，冂則其頸，亦有文也。則鬲已為譌變之形矣。此等字形譌變，在六書中原無可附麗。許亦說為象形，實屬牽強。此亦可見真欲說明字形，六書之例，殊不足用也。

小異於增減屈曲其筆畫者，厥為增減其字。時則有半文及疊文。而疊文之中，又有疊二疊三疊四之殊；疊二之中，又有重書與並書之別。半文之所以異於減畫者，彼為減其筆畫，此則省其字之半也。疊文之所以異於增畫者，彼僅增其筆畫，此則所增者為字；所以異於合體字者，彼知合數字以為字，此就一字重複為之，實仍獨體字之變也。

半文之例有二：㈠字之兩體相同者，取其一體，如支下云：「从半竹」是也。（此據「古文支」而言。）㈡則字雖不可分為兩體，而其左右形狀相同，截取其半者。如片下云：「从半木」是也。其說解雖稱為半，而非此兩例者，只可歸諸減畫之例。如夕下云「从月半見，」谷下云：「从水半見，」歺下云：「从半冎；」俎下云：「从半肉」是也。此等字所減者皆不止一畫，與凵朩等字，實亦小異。許或說為半，或不說為半，亦無定例。如昔下云：「从殘肉，與俎同意。」然說為殘而不說為兩半肉；㕣下云：「从水敗皃」實亦與谷同意，亦不說為半是也。

此例所以秖能說為半文，而不能指半文為全，全文為其疊者，以其確係取全字之半以見意也。如彳下云：「小步也。象人脛三屬相連也。」亍下云：「步止，从反彳。」行下云：「人之步趨也。从彳亍。」象人脛三屬相連，無以見小步之意。王氏筠謂必先有行字，去其半以見小步，又反之以為步止，其說甚精。故半文斷不能誤為全文也。

合二之文，上下書之者，許君稱為重文；左右書之者，則稱為並文。如多下云：「从緟夕，」其古文作⿰夕夕，說云：「古文並夕；」棗下云：「从重朿，」棘下云：「从並朿」是也。然凡篆有或體，及古籀與篆相異者，《許書》皆稱重文，於此又稱重文，未免相混。故後人改稱為疊文焉。疊文與並文，有同字者，如多⿰夕夕是。有異字者，如棗棘是。賏為並文，而籀文敗从之作⿱賏攴，亦與多字古篆以緟並為別同。至部臸為並文，而辵部⿺辶臸亦緟書之，則並無古籀篆之殊矣。蓋字體之部位，有可移易，有不可移易者，疊並文亦然也。

疊文有即與不疊之字同者，如屮古文以為艸字是也。有不與所疊之字同者，如林為叢木，必不能謂即木字；賏為頸飾，亦必不能謂即貝字是也。王氏筠曰：「凡疊三成文，未有不與本字異音異義者；其疊二成文，則音義異者固多，同者亦有之。」《釋例》所輯疊文與單文，音義異者五十有餘，其中𠔁　茲二字，仍係音義相同。𠔁下云：「八亦聲；」茲字今讀子之切，然廣韻在一先，胡涓切，全引說文，則仍讀為玄也。音義同者十有二。王氏以為籀文。予案所謂籀文者，蓋指《籀篇》文字，異於小篆而言。《籀書》十五篇，建武時亡其六，許君所見，猶五之三。今《許書》所載籀文，凡二百二十餘。假定籀篆異體之數，各篇相同，則籀文之異於小篆者，當當有百四五十字。合之約三百六七十字。《籀書》九千字，以有複字故，其字數難確知。然不能遠少於小篆，以李斯等作字書，許云「皆取史籀大篆」也。又云「或頗省改。」或頗者，偏有之辭。然則籀文之異於小篆者固不多，可知其不能字字繁複。且今篆文中，疊文固亦甚多也。然則籀文較之古篆，固好繁複。遂指繁複者必為籀文，亦未然矣。惟云疊文仍與單文同，古篆皆有其例，而此例與籀文之好繁複同，則無病耳。

又有兩體相同，然不容說為疊文者。如羽不可說為兩彡，門不可說為兩戶是。以鳥自有兩羽，門自左右相對也。

疊文有即取義於二者。如㸚下云：「二爻，」皕下云：「二百，」雔下云：「雙鳥，」䀠下云：「左右視，」誩下云：「競言，」友下云：「从二又相交」此字之本義，當為相助，與右為音義皆同字，引伸為朋友之友。許君說右云：「手口相助，」亦泥字形，故加手口二字耳。是。有但取多義，不限於二者。如𢆶从二幺，但見其小之甚；林从二木，亦非二木即可成林也。

至於疊三成文，則其意大抵在示多數。王氏筠云：「三文惟灥三泉也。言三餘除羴惢等不論；由數目取義者，或曰眾，或曰多，或曰羣，皆不言三。未有如玨下云二玉相合，㹜下云兩犬相齧，即以篆文定其數者。可知即至十百千萬，皆以三概之。即其獨體成文者：气不能別之為三，彡不能止於三，川不能分之為三；山字三峯，火字三燄；指之列多，而𠂇又約之以三；足趾同乎手，而止亦約之以三；然則凡數多者，皆可約略而計之以三也。故知三也者，無盡之詞也。」又云：「多部說又云重日為疊，言重不言三，故知三也者，無盡之詞也。」予案古人言三，本多以為多數之意。觀王氏中《釋三九》之文可知。王氏此說甚通。

王氏又說四文曰：「《說文》有疊四成文者，茻 㗊 㠭 三部，吾重惑焉。由此推之，則五人為伍，亦可疊五人字；萬有二千五百人為軍，亦可疊一萬二千五百人也。吾意 茻 从二艸，非从四屮；㗊 从二 吅 非从四口。大篆从 茻，而小篆从艸者，五十五文。寒下云：以 茻 上下薦覆之，其 茻 亦分為二，是 茻 為兩艸之證也。从 㗊 者皆分諸上下，而囂之或體 㗊 但从 吅，是 㗊 為兩 吅 之證也。獨至於 㠭，並無从二工三工之字。（原注：「積古齋楖妃彝有𢀜字，而詞義不甚可解。」）㠭，極巧，視之也。許君不言讀若某，而《唐韻》知衍切。則依 𧝓 𡳐 作音也。本部祇一 𡨄 字，其說曰窒也，㠭 猶齊也，中之曰猶齊，則不取極巧視之之義也。夫依從之之字以作音，是無音也；從其義者尚別立一義，是本字無義也；經典又無此字，是非字也。非字而許君收之者，直以前人率然作之，而適有它字，形與相近，非此無以統之，遂不得不收耳。」

予案《許書》部首，本無甚深義。王氏所云：「祇是有從之之字，便為部首」者，其說極確。然

《許書》通例，疊文無從之之字者，即附單文部末；有從之者，即別立為部。如沝部只𣶒𣷹二字，其篆文皆作流涉，此正可以沝附水部，以𣶒𣷹為流涉之重文，而許君不然，則似有所受之。（所受者當否，別為一事。）沝下說解云：「二水也，闕。」似謂闕其音者。王氏《句讀》曰：「沝即水之異文。許君未得確據，故不質言之；而與𠙴亦自字，麻與𣏟同異文。」王玉樹曰：「《鄦氏易》：坎為水水作沝。」郭忠恕《佩觿集》：音義同而體別：水為沝，火為炏。是水與沝音義並同。」筠案此說最精。凡疊二成文者，如叒、炏、从、棘、兟、卯、屾、豩、䲆、所等，皆當與本字無異。惟沝之即水有據，故於此發之。」予案今《說文》言闕者，不盡許君原文，王氏已自言之。則安知此闕字非後人所補，即斷此字之無音；況玨下說解並不言闕耶？《許書》言讀若者本少。知衍切之音，雖或係據𧟄𡕰而作，安知非舊音失傳，而遽斷為本無乎？《許書》據形系聯，原只據其形，並不謂部中之字，其義皆與部首相類。如「品部之喦喿，皆從三口，而非從品物之品。羴部之羼，從三羊，而非從羊臭之羴。晶部曐從三日，而非從精光之晶。麤部之𪋻從三鹿，而非從行超遠之麤。乃至惢部之繠，以為從心疑之惢，固不可通；即以為從三心亦不可通。」《釋例》亦已自言之矣。安得以𡨄下說㠭為齊，遂疑極巧視之之義不可信乎？若謂其字不見經典，則《說文》中字不見經典者固多也。字形拆開，古有其例。部中字有疊四成文者，如籀文之亖是。王氏亦自言之。又囿之籀文作𡈜，王氏引許翰說：謂「此作周垣而界畫之，實之以四木，以象木之多，非從二林也。」安得執寒㗊二字，謂其必從二茻二吅哉？若謂三已為無盡之詞，若必疊之至四，則伍亦可疊五人字，軍亦可疊萬二千五百人，則尤為曲說。夫疊文固造字之一法，然亦不容過繁。疊四成文，雖繁而尚可成字，故有之而不多，而疊五則絕無之也。又安得以此疑㠭之非字乎。予謂古人作字，固好繁複。（其理見後。）工未嘗不可作𢀖，𢀖又未嘗不可作㠭。疊二疊三疊四之文，誠有與單文不異，而亦互不相異者。然二即以示二義，三即以示三義，四即以示四義，或皆以示多義者，亦非絕無。要當各如其例說之，未可執一端以概其全也。（文字並非一人所造，亦非先立條例，而後依之造字。故其條例，雖有大齊可求，斷不能斠若畫一。向來不知字學者，皆誤以文字為神聖之人所造。明於字學者固不然，然此等見解，亦終未能盡除。如王氏謂三已為無盡之詞，即不應再有疊四成文之字，皆由視造字條例過密，致有此誤也。同一字形，而其義不能畫一，亦由於此。如王氏所說，嵒喿非從品物之品等，乃由造字之人，意境各有不同之故。謂品實兼具嵒喿之意，許說遺漏可；謂造品字之時，本無此意，後人假借用之亦可；即謂造嵒喿二字者，本不知有品字，而自用三口見義，亦無不可也。許書則但據形系聯耳。一形所涵之義，固可甚多，安能保部中之字，所取之義，不越部首以外？如此，又何以說假借乎？即如｜「上下通也，」然部中中字，㫃字，豈有上下通之義乎。

又有變其字之位置者，是為倒文及反文。倒者，易其上下之謂；反者，易其左右之謂也。《許書》於倒反不加分別。如𠤎下云到人，県下云到首；而[illegible]下曰反亯，幻下曰反予是也。許書此等處，體例不能畫一，蓋由所據者如此，不加改定。可參看中國文字變遷考。

有似倒而不可說為倒者，如竹不容說為倒艸是；有似反而不容說為反者，如𠂇不可說為反又是。以艸竹各有其物，而左右手亦各有其形也。

有反而異者，如反正為乏，反后為司是。有反而不異者，如𣥂為反少，而亦說曰少；[illegible]為反瓜，而亦說曰[illegible]是。古象形字，不甚拘繁簡向背，羅振玉《殷商貞卜文字考》有一條詳論之。夫全不拘向背，則於倒文反文之例不可通。蓋古字有可不拘向背者，亦有不然者也。

今世之所謂骨甲文者，不盡可信，見說文解字文考。

字之兩體相同，而又相倒相反者，時曰反對文。如籀文誖从二或作[illegible]，𣦼从四止，步从止𣥂相背，𦣝从二臣相違是也。此不盡表相反之意，意有表順承之意者，如夅下云「服也，从夂㐄相承」是也。王氏筠曰：「五經文字云：贙，俗以二虎顛倒，與說文字林不同。竊意俗作是也。虤下云二虎，[illegible]下云兩虎，知其不顛倒。贙下獨云從虎對爭貝，若如今本，是背而不對也。疑字作[illegible]，如[illegible]字之比；以其難，乃作[illegible]；後改之，說文亦因而改易耳。不然，楷字皆取便利，[illegible]通作贙。甚不顧其安，何獨於此字倒之，以自蹈於不便乎？」「乃作[illegible]」，下原注云：「李勣碑如此，魏都賦亦有此字。」

凡半文、疊文、倒文、反文等之所以作者，以古人造字，未知合體之法，則能造之字不多，不得不即一字，增減顛倒用之。此諸字中，雖亦有合體字，大抵後人倣前人之例為之。其最初所用，必獨體之文也。如一手也，象其三指之形，手當動作時，可見者不過三指，故以三畫象其形。左向則為又，反之則為𠂇矣。二又相交為[illegible]，四之即為共矣。左右相向為𠬞，反之則為[illegible]矣。猶是三指之形也，覆之則為爪，反之則為𠂈，爪𠂈相對則為[illegible]，古文為爪又相對則為[illegible]；下垂則為[illegible]，[illegible][illegible]相對，又為舁矣。此外之字，其用之雖不如此之多，其意亦猶是也。昔人以此等為會意。夫會意必合兩字之義；兩字義異乃可合；倒文反文，固多獨體字；疊文並文，亦非兩體相異；說為會意，未免自亂其例。予謂此等實非六書之例所能該。以六書之例，本不完全故。若求密合，必棄六書，別立新例而後可。如曰未能，則仍以歸之象形，作為象形之變例，為較安耳。疊文後世仍有之，如王氏釋例所舉後周廣順摩崖之〔廣廣〕順二年是也。至於反文，則不獨更無作者，即存者亦全不見反之意，如〔篆文〕改為ナ又是也。此由篆隸筆法不同；篆取圓筆，左右上下行皆可；而隸書則惟能自左向右，自上向下耳。

又有但作一畫以見意，而不復曲象其形者，此象形之極變也。如〔本〕下云：「木下曰本。从木，一在其下。」〔朱〕下云：「赤心木。从木。一在其中。」〔末〕下云：「木上曰末。从木，一在其上。」〔刃〕下云：「傷也。从刃，从一。」〔寸〕下云：「人手卻一寸動衇，謂之寸口。从又，从一。」〔尺〕下云：「人手卻十分動衇為寸口，十寸為尺。从乙，乙所識也。」皆是此例。夫造象形字，至於但作一畫，指示其所在之處以見意，而不復曲象其形，其變可謂已極。然所能造之字仍不多。則知獨體之文，終不能不窮；而合體之字，不得不繼之而興矣。獨體象形字，後人亦有造者，如凹凸，依許書當作窅眣，為合體字；凹凸二字，出於聲類，轉係獨體象形是也。然此等為數甚少。

本末尺寸等字，今人多以為指事。然如吾說，則指事亦當為合體字，而本末尺寸等字所從之一乙等實非字，則仍祇可視為合體象形之變例耳。王氏筠曰：「半意半形，半意半事者，許君於其意，必出其字而後解之，於其形與事，則不出而直解之。蓋以苟出於說解，則人疑其為字也。今木多有出者，則校者恐人不解，側注於旁，以醒人目，而昧者傳寫，輒以入正文也。」其所舉之例，如牟下云：「象其聲氣从口出，」謂ㄙ。不出者，嫌於音私之ㄙ。牽下云：「象引牛之縻，」指冂。不出者，嫌於莫狄切之冂是也。愚案《許書》非字而出於說解者甚多，勢難盡指為傳寫之誤。惟許君之意，則並不以之為字。以之為字，確係後人之誤。《許書》所以不立不出於說解之例以示別者，因此本顯而易見，不待不出以別嫌也。許書非字亦言從者，如莧下云：「山羊細角者，从兔足，苜聲」是也。許本不以為字，而後人誤為字者，如干下云：「犯也，从反入，从一。」𢆉下云：「撥也。从干。入一為干，入二為𢆉，言稍甚也。」丫非反入，而𢆉亦非从干从一。入一入二者，謂以丫入一入二，非謂丫為反入也。後人因𢆉下有入一入二之說，乃改干下之从丫為从反入，又改𢆉下之从丫為从干。夫苟从干。又何入二之有。又有出於說解中，似字而實非字者，如爨下云：「廾推林納火」仍祇可解為推木，不可解為推林是也。

然則造字而知合體之法，實為一大進步。昔人顧以造獨體字為神聖之業，其誤不辯自明矣。即今人亦有謂篆書可見造字之意；能明造字之意，則易於記憶；主張教學僮識字時，今隸而外，兼為略說篆書者。於是小學校之國文教授書，無不兼及六書者矣。此實皮相耳食之談。無論教學僮以今隸，又為兼說篆書，未免徒滋紛擾也。即謂有益，而今日通行之字，尚與篆書相近，篆隸可相印證，由篆書又可推見造字之意者幾何？此若干字者，則便於記憶矣，其如為數甚少其餘之字，仍無法使之易記何？天下事固不盡有形可象，即有形可象者，亦不能分析入微。（如目可象形也，看字尚勉強可謂有象形之意。然如觀望等字，仍皆欲用看字之法造之，即必窮於術矣。）且字義時有變遷，今日所用之義，非復古時之義也，說明古人造字之意，何補今字之記憶？（如字字求其本義，則將為學僮講古訓邪？）象形文字之在今日，祇為中國字之字母耳。此各國文字之初，亦無不然者。然ABCD之緣起，何以祇為考古之資，不為小學之事邪？

顧《說文》有所謂貴者象形者，其說見於焉字下，曰：「凡字：朋者，羽蟲之長；烏者，日中之禽；舄者，知太歲之所在；燕者，請子之候，作巢避戊己，所貴者，故皆象形。焉亦是也。」此當謂為之特造一字耳。（非用固有之字拼成。）特一造字，何以為貴？殊不可解。若謂象形字為初起，其餘諸文皆在其後，因貴之之故，古人既已造字，則切於日用之字多矣，古人豈能置之不造，而獨造其所貴者邪？此數語是許君原文不可知；即謂為原文，亦不免博采之失耳。

獨體變為合體，則其筆畫降而益繁。然古人作字，本好繁複。（見後。）故獨體字後亦多變為合體。（如前所舉雲网等字是。）而最簡之文，如乙（古文厷象形，今則厷亦廢而行其或體肱矣。）乁（古文及。）等皆廢矣。

然象形之字。亦有失之太繁者。如爨下說云：「𦥑象持甑，冂（今本作臼，段改。）為竈口，廾推林納火。」此字今人說為會意矣。然如吾說，六書之例，當反之於古，則亦當從鼀字之例，說為象形。象形之字而欲多造，固必不免此失耳。（此字籀文作䰞，可知𦥑為後加。然䰞亦已繁重矣。）

象形字之初出，雖與圖畫殊科，其意尚屬相近。其後改易殊體，遂致去而愈遠。如目字，博古圖作◉◉，蓋純象形。今字破◉字之〇作‖，而又縱書之，則全不象。昧者誤以一畫為象瞳子，乃說為重瞳子矣。（不論字之橫直正反，亦為圖畫之意致亡之一端。凡圖畫，必有一定之方向。古文不論字之橫直正反，已失圖畫之意矣；然既不論橫直正反，則其方向，仍有時與圖畫之意合也。至於籀篆隸書，則其字之橫直正反，皆有一定，不容移易；而其方向，有與圖畫之意適相反者。如目本當作◉，而今適作目；水本當作≋，而今適作巛是。又如牛羊犬等字，皆宜橫看；臣字古文作ᗺ，實象人伏形，而今亦縱書之是也。篆書中偶有橫直不拘者，如雋之从弓，〔篆〕之从水，弓水皆係橫寫是。然此特極少之例耳。

又如鼻之本字為〔篆〕，蓋以△象鼻，而其下則為口字。所以必兼畫口者，以純鼻不易象，且恐與三合形之△混也。古文作〔篆〕，則又兼畫兩眼。與圖畫之〔篆〕無異。故加以□，即成面頁等字（詳見說文解字文考。）如今自字，象形之意，已全不可見：況又純用引伸之義，而其本字顧代之以鼻乎？

文字既非圖畫，則其形狀，自不必與物畢肖，故有隨意改易者。如曐下說曰：「一曰象形，从○。古○復注中，故與日同。」夫日本可作○，所以注中者，示實之意，以別於訓員之○耳。（古有訓員之○字，見說文解字文考。）古文曐為形聲字，其初或作〔篆〕，不注中以別於日，三之以別於○也。（日月皆一，而星則甚繁，故三之以見多義。）若○復注中，則與三日無異矣。此等蓋因隨意加畫而譌。

又有迻出轉變者。如釆番本係一字，而釆有古文〔篆〕，番有古文〔篆〕。蓋〔篆〕之形最古，前五畫以象爪，田以象掌，中畫曳而長之以象脛。去其𠃌則成釆，更略去兩畫則成□；而番亦可變為田，以釆加田，則成番矣。亦見說文解字文考。此等字往往不免於複。如昔下云：「从殘肉，日以晞之。」然籀文作𦠺，則从殘肉，而又从仝肉矣。壼下云：「宮中道，从口，象宮垣道上之形。」此祇說□，明□為後加也。□蓋象物之高出者，亦見說文解字文考。□即口，是亦重複也。又如𦣻下云：「頭也，象形。」頁下曰：「頭也，从𦣻，从儿。」蓋又加以人字，已為重複，面下云：「顏也，从𦣻，象人面形。」則複而又複矣。

夫如今形釆，則似米，又似官溥所說「似米而非斗者。」田既似田，又似果之上體。合二形以成字，孰能知其所由來乎？又如霝「雨零也。段依廣均改雨霝也。从雨，㗊象霝形，」夫口，「人所以言食也。」即器下云：「象器之口，」亦祇能該凡口之義，而不能象雨霝之形。蓋古字鏤空與填實不分，口本可作▽，填實之則成▼。霝字下體本作□，後乃變為㗊也。夫此等處，乃據今之篆書，尚可窺見其本原者耳，其不能窺見者何限？且此等說，皆依據今日所見之字，吾曹所見者祇此，則似覺可通；然究竟有合與否，亦殊不可知也，然則字之初形，豈易知哉？

象形文字，不免混淆，此乃其事之性質如此，無可如何，如一番字，改易而成釆，又改易而成⊕，遂致與米田等字相混，此固可諉為轉變之失。然如石字，加厂即非純象形矣；若純象形，只當作口。文字既非圖畫，豈能舉筆即畫石形。其勢非成規形之○，即將成方形之□，終究不免與訓員之○，訓回之□相混，即能避去○□二形，然若凡字皆欲以象形之法造之，又豈無不方不圓之物，與之相混者邪？此象形之術所以終窮也。

第四章　指事

凡講六書，其道有二：為考古起見，求古人之所謂六書者，說究如何？一也。為講明字例起見，研求六書之說，如何而後盡善，又其一也。六書本粗略之說，微論其不足以盡字例，即用為字例之大綱，亦終覺未安。故吾謂講文字之學於今日，而仍拘守六書之例，實可不必。即謂不然，而研求六書之說，如何而後盡善，與求古人之所謂六書者，說究如何，亦自為兩事。立一說於此，謂六書之說，必如是而後盡善可也。執盡善之說，遂謂古說即如此，則誣矣。精於考古者，莫如清儒，然於此似未見及，則尊古太過之弊也。

即如指事會意，古說本甚明白。清儒以其未能盡善也，乃舍而不之宗，而別立新說。夫以此為吾所立之字例之條，則可矣，謂古說即如此，恐未然也。

許說指事曰：「視而可識，察而見意，」其說未甚明了。其所舉之例，又祇上下二字。次於許君者為衛恆。其說曰：「在上為上，在下為下，」其言彌不可解。今案衛恆而下，說指事最古者，莫如賈公彥。公彥疏《周禮》曰：「人在一上為上，人在一下為下。」知今所傳四體書勢，實有奪文。篆文上下二字，皆當从人从一，今本篆形實譌也。段氏臆改為二二，殊非。《說文》[illegible]字从上，[illegible]字从下，豈得改為[illegible][illegible]邪？

古事與物通，指亦訓處。故《許序》指事，鄭司農作處事。知指事即處物。處物者，因其物之所在，以定其字之義，亦為合體之字。所以異於會意者，彼則合兩字之義，此則兩字之中，其一為實物耳。

指事字為數頗少。嚴密言之，惟閏從王在門中。葬從死在茻中。[illegible]人在宀下以茻上下薦覆之。等字，足與許所舉上下二字相當。推廣言之，則凡偏旁部位，不可移易者，皆含指事之意。王氏筠曰：「凡日部字：日在上者，雖不盡是光明字，而無一昏暗字。日在下者，大都是昏暗字，惟啟有由昏之明之意耳。晉下云：日出萬物進，不主曰；晢字則大徐誤也，小徐作晣。」即此意也。予案日部字，惟杲从日在木上，杳从日在木下，確有合於指事之例。至昃从日在西方，隸書移日於上，段氏譏其失製字之意，固然。然其字自是形聲，謂其日在仄右，亦含指事之意則可；逕以為指事字，亦未安也。然則指事字信不多矣。

指事古說，不過如此。後人自立條例，曲生新解，於是有以象有形之物為象形，象無形之物為指事者，而不知八象分別相背之形，確無的指之物，說解固明言象形也。又有以本末尺寸等字為象形者，此則為段氏改丄丅為二二所誤。甚至拆字為說，如匙字等，明屬會意者，而亦隸之指事，則更不足論矣。

第五章　會　意

會意之說，許曰：「比類合誼，以見指撝。」夫曰比曰合，則必有兩誼而後可。故會必釋為合，而不容釋為領會之會。領會之會，乃今義，非古義也。武信而外，惟「背私為公」背八一字。及「尟是少也」等，為會意之正例。罷下云：「遣有罪也。从网能。言有賢能之人而入网，即罷遣之。」說雖周章，亦與武信一律。蔭下云：「艸陰也。」詁下云：「訓古言也。」則雖與尟下說解一律，已可說為形聲矣。俗造歪字，卻係會意正例。人類言語，古少今多。言語之孳乳也，必就相類之義，小變其聲以當之。故字義相類者，其聲亦必相類。此形聲之字，所以多可說為會意也。然既分六書，即當嚴其界畫。形聲製字，自係有取於聲。若因其義可相通，而即說為會意，則形聲會意之部分不明矣。形聲字且不可說為會意；而務推廣其例者，乃舉倒文、反文、增畫、減畫、屈畫、半文、疊文等，悉以歸之。夫如是，則非釋會為領會之會不可。主此等說者，亦知其不可通也，乃曲為之說曰：如彳亍二字者，「分行字以會意非識行字，即此二字不可識，仍是會合本字」也。此真可謂鑿空矣。

會意之字，比合兩字之誼，乃既有文字之後，合兩字以成一字，所謂「合體為字」，與初文之一字而可析為兩體者，不可同日語也。而劉氏師培乃曰：「會意者，兩形並列，亦出古代圖畫。如儛字从人从舞，必畫一人而加以舞蹈形。婦字从女从帚，即畫一人持帚之形。苗字从艸从田，即畫艸生於田之形。焚字从林从火，即畫以火燒林之形。」不知此乃象形字之較繁複者，前所舉之果字等，正是此例。此可說為合體象形，不可說為會意也。如儛婦苗焚等字，苟如劉氏之言畫之，猶必兩形並列也。乃劉氏又曰：「信字从人从言，即畫一人作欲語之形。位字从人从立，即畫一人直立之形。」夫如今信字位字，以人字與言字立字合成，則可比合兩字；若用象形之法畫之，欲語之形，直立之形，試問如何離卻人字，更成一體乎？然則何云兩形並列邪？

第六章　形聲

形聲之字，在六書中為最多。蓋字之用，惟聲為無窮也。夫造文字，誠有不依語言者，要以依語言者為多。字而能託於聲，則有無窮之語言，即有無窮之文字。文字之用，必至此而後不窮。故造字而知形聲，實造字之一大進步也。小徐顧謂形聲「在六書之中，最為淺末」，誤矣。

形聲之字，大抵合兩字而成，一取其義，一取其聲，此夫人之所知也。此兩字中，先有聲旁，而後加義旁以定其義歟？抑先有義旁，而後加聲旁以表其聲歟？則論者所見不一。在普通人，恆謂先有義旁而後有聲旁。重視聲音者，則謂言語古少今多；同一音也，其引伸之義，降而益滋，筆之於書，未免淆混，乃不得不加義旁以為別，故形聲字先有聲。在未加義旁以前，則其字為假借；既加義旁以後，則其字為形聲也。予謂此兩說也，必兼之而於義始備。但取其一，則皆有所未當也。何則？同一聲而更加義旁以為別，此即所謂分別文也。（見後。）論文字之孳乳，夫固確有此理。然形聲字聲旁，實有與其字之讀音，並不密合者。果使形聲字皆即分別文，何以至此？若謂音讀遷變，為語言之公例。聲讀不合，乃後來之事，其初則固相符。則當其初，何不逕借用同音之字？而何煩更造為？故如普通人之見，謂形聲字皆其義先定，而後覓一字以表其聲，於義固有所未備；謂形聲字皆即分別文，於理亦有所未安也。

形聲字所取之聲，與其字之讀音，不能密合。其誠證有二焉：㈠則同從一聲之字，而其韻部互異。如頎旂同从斤聲，而〈衛風・碩人〉，頎與衣、妻、姨、私為韻；《左》僖五年，旂與晨、辰、裖、賁、焞、軍、奔為韻是也。說文之讀若，有如此者。如倗從朋聲而讀若陪是。重文亦有如此者，如玭或作蠙，葩或作䕯是。此皆以雙聲字為聲也。(一)則《許書》形聲字所從之聲，與其說解中之讀若，即係一字，如瑂讀若眉，哤讀若尨是也。使形聲字與其所从之聲，音皆密合，何煩為此贅語乎？此例最可疑。然王氏釋例所輯，說文中如此者，凡三十九字。王氏曰：「謂讀若皆為後人增，何至如是之多？且彼於要義或刪之，何獨作此費詞乎？」案說文說解字數，較其自敘中所計之都數為少，大抵皆為後人刪節，亦見王氏釋例。此二例也，王氏筠《說文釋例》，論之最詳。予謂形聲字惟先有義而後加聲旁，故其所取之聲，不能畫一；形聲字之或體是也。使皆先有聲旁，又安得如是？夫古人所能發之音，實較今人為少；而其用單音字，則較今人為多。使同從一聲之字，音讀悉皆密合，則出之於口之音，將寥寥無幾，聞者何以為別？言者何以達意乎？即如江河兩字，使其出之於口，其音全與工可同；則聞者孰知吾之所云，為江為河，為工為可邪？故形聲字之造作，必有先定其義，而後覓一聲以表之者。後世增造之字，亦以形聲為多，造法即係如此；觀於今，固可以知古也。然同一聲也，因其涵義之繁，而加義旁以為別，其事固非無有。此等字之由來，固與先定其義而後覓聲旁以表其聲者不同。然其所用者，固係合體為字，一取其義，一取其聲之法，欲不謂之形聲而不可得也。故曰：必合兩說而於義始備也。

然則〈許序〉之說如何？曰：〈許序〉之說，亦與普通人之見同，以為先有義旁，而後覓一字以表其聲者也。故其說曰：「以事為名，取譬相成。」事即物，名即字；「以事為名，」猶言據物造字；「取譬相成，」則謂加一字以表其聲，以曉讀者；而後此字形音皆備，乃可謂造成一字也。若其先有聲旁，乃加義旁以分其義，豈可謂之「以事為名」哉？然形聲之限界，只在其字之偏旁，為一形一聲與否，初不系其聲旁義之孰為先有。分別文之條例，固非古人所知。然即起古人於九原而語之，彼亦當認此等字為形聲也。故謂形聲字必兼兩義而後備，亦不背於古人之意也。

形聲字之先有聲旁，而後加義旁以分其義者，其聲其義，必能互相關聯，此誠自然之理。即先有義旁而後加聲旁以表其聲者，就其聲旁，亦非遂不能得其義。何則？凡義之相類者，其聲亦必相類，此乃語言自然之例。造形聲字者，固無處覓全與字義無涉之聲旁也。故王氏筠謂形聲字必如許所舉之江河，但取其聲，而於義了無干涉者，乃為最純之例，其說實為非是。何者？用字而注重其形，形不同者，即聲同而義亦釐然各別，此乃後世之事，古人初不如此。古人用字，幾於全取其聲。其聲同者，其義即無不同，固不甚問其字形也。故如王氏云：「媒，謀也，謀合二姓，而不曰謀省聲；妁，酌也，斟酌二姓，而不曰酌省聲；以古人用字，以聲為主，某勺自有謀酌之意也。」其說甚通，乃王氏又云：「檉木色紅，故字與赬同音，而聖形中不能得此意。袢讀普，故兩字之訓，皆曰無色，而半形中不能得此意。」則自相矛盾矣。聖之與赬，半之與普，在今人視之，其別甚嚴，古人則初不然，安知其覩聖而不能得赬之意，覩半而不能得普之意乎？故謂形聲字之聲，與其意截然不相入，讀其聲，絕不能知其意者，乃必無之事也。然則形聲會意，將何以為別乎？曰：當視造字之意而定。造字之時，其合兩體，係一取其聲，一取其義，則所造之字為形聲；主於比類合誼者，則會意字也。執此說以求之，則於字為形聲，抑為會意，雖有不能辨者亦寡矣。

形聲字之義旁，於義必不能該備，而亦不能確切不移，故兩形聲字，有時可以互易。如讓相責讓。攘此為揖讓之本字。詭責也。恑變也。是也。故其或體可以甚多。木部：「槾，杇也。」王氏曰：「器用金而以木為柄，故此从木，而金部又有鏝。所涂者泥也，泥用土及水，故《孟子》毀瓦畫墁从土，《莊子》以辱行汙漫。我从水，槾之用手，故《荀子》抗折其貌以象槾茨。茨，閉也，从手。手者，人之手也。故《荀子》汙優突盜从人。惟《莊子》郢人堊慢，《釋文》謂慢本亦作槾，則或是殘字，不足計耳。」實其最明顯之例也。

形聲字之偏旁，必為一形一聲，至其兩母如何配合，則可不拘。賈公彥曰：「江河之類，是左形右聲。鳩鴿之類，是右形左聲。草藻之類，是上形下聲。婆娑之類，是上聲下形。圃國之類，是外形內聲。闠闤衡銜之類，是外聲內形。」王氏筠曰：「闠闤仍是外形內聲，當易以聞問閭闕等字，而從行聲者，無在外之字可易，惟衡從衍省聲耳。」殊屬無關弘指。因中國字之配合，除指事外，部位大體不拘故也。

形聲字大抵兩母，亦間有不然者。如𩐁从韭而次𠂔，皆聲是也。此蓋由古人作字好茂密之故。見後。其即以古文為聲者，如麗从丽聲，裘从求聲，當亦以此。此亦累增字之例也。見後。

又有所謂亦取其聲者，如世及禿字是。此蓋由造字者意果何居，說解者未能定故。

字有形音義三端，象形、指事、會意，就其形祇能得其義，形聲字則就其形可以得其聲。故考究古人之語言，實以憑藉形聲字為最便。凡同從一聲之字，其讀音雖不能密合，而亦必相切近。苟能求得其一，則其餘皆可類推矣。求得古人之讀音，實為極難之事。清儒於聲韻之學，用力最勤。然其所考求者，亦以韻部之分合為多，實詳於韻而略於聲也。予謂人聲變，物聲不變。語言之聲，有模仿動物及自然之聲者。雖至後來，與初有是語時大異；然其最初之聲，則必與所模仿之聲相近；固可即以其所模仿者為依據而求之也。如小兒之兒，今吳人讀之入寒韻，淮南人讀之，則音在歌麻之間。試觀鯢从兒聲，則知古人之讀兒字，其音實與鶃鳴相近。淮南人之音，最為近古也。

第七章　轉注

六書之中，轉注假借，說最紛歧；而轉注之說，尤為難通。許君說轉注曰：「建類一首，同意相受，」語意既屬難解。所舉考老二字，亦未知其舉之之由。求諸古人：江式於六書既無所發明。衛恆曰：「轉注者，以老為壽考也。」賈公彥曰：「轉注者，考老之類是也。建類一首，文意相受，左右相注，故名轉注。」其不可解，亦與許說同。舊說謂「考字左回，老字右轉，」乃誤據隸書為說，徐鍇已駁之。戴侗《六書故》，別舉側山為阜，反人為匕之屬。案此等實係象形變格，已說於前。徐鍇說轉注曰：「老之別名，有耆，有耋，有壽，有耄。此等諸字，皆取類於老，則皆從老。若松柏等皆木之別名，皆同受意於木，故皆從木。」又曰：「物之實有形可象，則為象形。指事者，謂物之虛無，不可圖畫。會意亦虛也，無形可象，故會合其意。形聲者，實也。形體不相遠，不可以別，故以聲配之為分異。若江河同水也，松柏同木也；江與河，但有所在之別，其形狀所異者幾何？松之與柏，相去何若？故江河同从水，松柏皆作木。有此形也，然後諧其聲以別之。故散言之則曰形聲。江河可以同謂之水，水不可同謂之江河；松柏可以同謂之木，木不可同謂之松柏，故總言之曰轉注。大凡六書之中：象形、指事相類，象形實而指事虛；形聲、會意相類，形聲實而會意虛；轉注則形事之別，然立字之始，類於形聲；而訓釋之義，與假借為對；假借則一字數用，轉注則一義數文。凡六書為三耦也。」小徐之說轉注，蓋主於義者也。

戴氏震、段氏玉裁，為清代治說文之開山。其說六書，大體皆本小徐，特又分六書為造字及用字兩端耳。戴氏答江慎修書曰：「轉注之云，通以今人語言，猶曰互訓。《說文》於考字訓之曰老也，於老字訓之曰考也，是以〈序〉中論轉注舉之。《爾雅．釋詁》，乃多至四十字共一義，其六書轉注之法歟？大致造字之始，無所憑依，宇宙間，事與形兩大端而已。指其事之實曰指事，一二上下是也。象其形之大體曰象形，日月水火是也。文字既立，則聲寄於字，而字有可調之聲；意寄於字，而字有可通之意；是又文字之兩大端也。因而博衍之，取乎聲曰諧聲，聲不諧而會合其意曰會意。四者，書之體止此矣。由是之於用，數字共一用者，如初哉首基之皆為始，卬吾台予之皆為我，其義轉相為注，曰轉注。一字具數用者，依於義以引伸，依於聲而旁寄，假此以施於彼，曰假借。所以用文字者，斯其兩大端也。六者之次第，出於自然，立法歸於易簡，震所以信〈許敘〉重論六書，必有師承，而考老二字，以《說文》證《說文》，可不復疑也。」段氏承戴氏之說，謂「全書中用此例者，不可枚數。但類見於同部者易知，分見於異部者易忽。如人部：但，裼也；衣部：裼，但也之類，學者宜通合觀之。」又為詳立義例曰：「異字同義，不限於二字。如禓臝裎皆曰但也，則與但為四字；窒窴真皆曰𡨄也，則與𡨄為三字是也。有參差其辭者：如初下曰始也，始下曰女之初也是也。有綱目其辭者；如詞為意內言外，而㐱為兄詞，者為別事詞，魯為鈍詞，曾為詞之舒，尒為詞之必然，矣為語已詞，乃為詞之難是也。有云之言者：如孔子云貉之言貉，貉惡也，狄之言淫辟也是也。凡經傳內云之言，亦云之為言者視此。有云猶者：如不下云一猶天也，角下云麗爾猶靡麗也，本下云大十猶兼十人也，苟下云勹口猶慎言也，𡨄下云㠭猶齊也是也。凡傳注中云猶者視此。有以假借為轉注者：如會下云曾益也，曾即增；皀下云匕合也，匕即比；旞下云允進也，允即粇是也。」王氏筠亦宗段說，又為補姡靦也，靦面醜也一例。又王氏發明《說文》說解，當分句讀，故又因此而得三例：㈠日部：早：晨也；晨部：早，昧爽也。早字自為句，加昧爽以申之，早與晨為轉注也。㈡禂下云：禱，牲馬祭；以禱釋禂，再以牲馬祭說其所為之事，義分廣狹，但就禱之一義，亦為轉注也。㈢㐄，跨，步也，㐄跨一事，以重文為訓，步字乃釋其事，叶跨二字，亦轉注也。又曰：「《說文》之例，有隔字而後轉者：如論下云議也，議下云語也，語下云論也是。有互見以為轉者，如譀下云誕也，誇下云譀也，誕下云詞誕也，譪下云譀也是。有逐字遞相注而不復轉者：如揃之下為搣，故說揃曰搣也；搣之下為批，故說搣曰批也；批及揤之下為捽，故說批揤皆曰捽也；至捽而異文畢矣，即說之曰揃，曰搣，曰揤，人究不知為何事也，故質言之曰持頭髮也，而四字皆可知矣。」又有皆用假借字者，王氏謂之羅紋法。言部詎相毀也，毀乃嬰之借；女部嬰惡也，惡乃詎之借是也。戴氏段氏，博求其例於凡古書；而王氏精求之於《許書》；轉注互訓之說，至此可謂無遺憾矣。然此說有未安者三：《班志》六書為造字之本云云，予固斷其文為後人所竄。（見中國文字變遷考。）然推原造六書之說者之意，則必以此為造字之六法，乃並列之。謂此數語非《班志》原文則可；謂作此數語者，並失造六書之說者之意，則不可也。安得忽雜以用字之法乎？一也。互訓之說，以言乎同意相受則得矣，何解於建類一首？許說六書，皆為諧語，誠不能十分確切。謂其四字皆屬空話，恐亦不然。若強解為同義即同類，豈六書之說，必以《爾雅》為之注腳而後明邪？二也。互訓之說，乃就說解求之。《說文》一書，係博采當時字說而成，並非出於一手。六書之說，亦舊說而許氏錄之，說皆見前，及鄙著《中國文字變遷考》。然則六書之例，安得求之說解？豈當時撰此韻語者，偏見《說文》中之說解，而後為之辭邪？三也。故戴段二氏之說，揆之於理，雖亦可通；然謂古人之所謂轉注，義即如此，則必不然也。

於是有以《許書》之分部為建類者。江氏聲《六書說》云：「立老字以為部首，即所謂建類一首。考與老同意，故受老字而從老省。考字之外，耆耋耇之類，皆从老省而屬老，所謂同意相受。由此推之，則《說文》五百四十部之首，即所謂一首；下云凡某之屬皆從某，即同意相受也。」許氏瀚宗之，而駁戴氏之說曰：「〈後序〉曰：其建首也，立一為端，即建類一首之謂。注本言水相輸灌；字之从一首相注，亦猶水之从一源相注；所謂同意相受，蓋如水之受水也。《左傳》言附注，言又注；《爾雅》言注旄首；皆以相屬為義。轉注之字，亦有屬於部首之意矣。

今之言轉注者，不求之偏旁字體，而求之詁訓字義；釋轉注為互訓，謂如《爾雅》之釋詁。不知詁訓出於後來，若造字而先有一字以釋之，則此字可不造。東漢以前，釋古人之書者，曰解，曰說，曰傳，曰故，曰章句，曰解故，曰說義，無曰注者；自鄭氏始有箋注之名，以後乃多作注；而欲以當六書之轉注，恐非篤論。」張氏行孚宗許說，謂造字之初，苦難孳乳，每類立一首字，而其餘同類之字，依首字展轉增之。許氏釋首字注字之義，似極確矣。然如吾說，《許書》本博采而成；六書之說，亦係成說而非許氏自立條例。則謂「其建首也」之首，與「建類一首」之首，必為一義，亦屬無當。若謂注字當從古義，不當從漢以後義；訓詁乃三代後事，非造字時事；則如吾說，六書固亦漢人之說，非真西周保氏之教也。至謂造字之初，每類立一首字，而其餘之字，依此而增，則非以文字為一二人所造不可，其說尤不合理矣。今即置此等勿論，其說亦有不可通者。朱氏駿聲曰：「同意相受，惟老履疒寥數部耳。他如木部，有植物，有器物；水部有地事，有人事；日部有日星之日，有日時之日；尸部有橫人之尸，有屋宇之戶；首雖一而意不同。」然則建部首之字以為首，部中之字，何同意相受之有？況乎分部多少，本無一定。故近人章氏炳麟駁許說曰：「五百四十部，非定不可增損也。如蠲本从蜀，而《說文》不立蜀部，乃令蜀蠲二文，同隸虫部。是小篆分部，尚難正定，況益以古籀乎？必以同部互訓為劑，說文雕鷻互訓也，強蚚互訓也，形皆同部，而篆文雕字作鵰，籀文⿰氐隹字作鴟，強字作𧔧。隹與鳥，虫與蚰，又非同部；是篆文為轉注者，籀文則非；籀文為轉注者，篆文又非。形體有變，而轉注隨之。訓詁焉得不淩亂邪？」是許說亦不可通也。

於是就造字立論，而別創新說者，是謂孫氏詒讓，及近人汪氏榮寶之說。孫氏之說曰：「倉沮制字之初，為數尚尟。凡形名之屬，未有專字者，則依其聲義，於其文旁詁注以明之。《說文》晶部釋曐字云：古〇復注中，故與日同；又金部說金字云：左右注，象金在土中，即注字之義。其後遞相沿襲，遂成正字。自來形聲駢合文，無不兼轉注者。如江河為諧聲字，亦即注水於工可之旁以成字也。後世儳作新名，則亦可用茲例。故古文偏旁，多任意變易。如宮縣之樂謂之牆，鐘磬之縣，半為堵，全為肆；而因鐘為金樂，則作鐳，作鍺銉，簋鑄金刻本，作鎭作槇，以盛黍稷，則又从米作盨是也。或增益偏旁。如昧爽之爽，借𡧍為之，則注曰作㬥：戓事執俘，省从爪，則注戈作戒是也。」其釋注字，似亦有理。然《說文》說字之孳乳曰：「形聲相益。」明係合兩體造成一字，非於一字之旁，更加詁注，《說文》所謂「○復注中，」及「左右注」者，乃指＼而言之。即「有所絕止而識之」之＼，非以字旁注之謂也。古字偏旁，任意增益移易，觀昔人論音義皆同字之例，可以明之。（見後。）安得牽合轉注乎？汪氏之說曰：「轉注者，以改字為造字。老从人毛匕會意，此字之特造者。老字既成，則凡言語之義，近於老者，即以老字為本，略變其體以別之。故取老為首，存人毛而去匕施丂，則為考，考亦老也。施子則為孝，孝者，善事老之稱也。施至則為耋，施旨則為耆，施𠷎則為壽，施句則為耇，皆老之異名也。夫是之謂建類一首，同意相受。譬之大川之水，別為眾流，而還相灌輸，夫是之謂轉注。故轉注者，乃取一合體之字，削其一體，而代之以他體，以為新字，而其義則仍與原字相近或相承者也。夫考以丂為聲，似形聲字；然不成為形聲而成為轉注者？以丂雖是聲，而人毛非形；耂乃老字之殘，非从人从毛，不可以隸人部，亦不可以隸毛部也。孝於文从子，似會意字，然不成為會意而成為轉注者？以人毛與子，無意可會，孝之義，乃以子承老，非以子承人毛也。因此可悟《許書》之例，凡特立一字為部首，而隸屬此部之字，从部首之省以為形者，皆轉注之類也。是故以畫為首，省其中之田，而代之以日則為晝。畫者，田之界；晝者，日與夜之界；晝為畫之轉注也。以殺為首，省其右之殳而代之以式，則為弒，弒為殺之轉注也。天下制度文物，並由難而趨易，由拙而趨巧，造字之法亦然。會意形聲，乃象形指事之合；而轉注假借，又會意形聲之簡略。質言之，則轉注者即減筆之形聲會意；而假借者實不加偏旁之形聲而已。」汪氏之說如此。夫「省」及从「殘，」或「省其一體，」《說文》明有此例。若轉注即主於此，許君安得不言。若謂他體可省，而部首不可省，則舄焉二字，何以入烏部乎？謂一部不可衹一字，則《說文》部衹一字者，凡三十七也。夫學說可以不傳，而事實不能驟變。六書之法，後人造字，亦皆能用之；以其為事勢之自然，亦為人心所同然，故不期而合也。以改字為造字，何獨不見於後世邪？荼別作茶，角別作甪，以及今人所作之乒乓，乃減畫，非改字。刀斗別作刁斗，乃改畫非改字。況此二者，皆因字音之譌變而生，非以此為造字之一法，而據之以造字也。故汪氏之說，亦不可通也。

又有改許說以申己意者，是為朱氏駿聲之說。朱氏曰：「轉注者，體不改造，引意相受，令長是也。假借者，本無其字，依聲託事，朋來是也。凡一意之貫注，因其可通而通之為轉注，一聲之近似，非其所有而有之為假借。就其本字本訓，展轉引申為他訓者曰轉注。無展轉引申，而別有本字本訓可指名者曰假借。」其說亦言之成理。然六書非絕學，許君而外，不得遂無人知之。如衛恆等，去許君時代甚近。然從未有一人駁許說為誤者。則朱氏之說，謂之自立一說可；謂其說即古說，則不可也。

眾說之紛繁而無當如此，無已，惟仍求諸《許書》。《許書》說轉注之語，既不可解，則求諸考老二字。考老二字，義近而非盡同，聲近而亦微別。王氏筠謂逼肖其例者甚少，惟茦莿蕾菑，與之相當。予案萊莿蕾菑為雙聲，考老為疊韻。雙聲字可謂即一語，而疊韻字則不然。故吾謂惟夥之與多，乃與考老逼肖；以其義同韻同而聲別也。（多部「夥，齊語多也。从多，果聲。」）信如是也，則吾不得不有取於章氏炳麟之說。章氏曰：「類謂聲類，首謂語基。雙聲相轉，疊韻相迆，則為更制一字，此所謂轉注。孳乳既繁，即又為之節制；故有意相引伸音相切合者，義雖小變，則不為更制一字，此所謂假借。考老同在幽類，其義相受，其音小變；按形體成枝別，審語言同本株；雖制殊文，其實公族也。」夫文字必有形音義三者，而三者之遷變，不必同時。故有義變而音及形皆未變者，吾欲名之曰引伸。（見後。）亦有義不變而音少譌，或音小變而義亦微別者，若別為制字，即成轉注；不別制字，而即用同音之字，則為假借。蓋音小變而義亦少別者，非別制一字，或借用他字，固難期其吻合，即音少譌而義不變者，非別制一字，或借用他字，亦無以顯其言語之真。如今吳語謂錢曰鈿，使以蘇白作文，而仍書之為錢，即無以見其為吳語，故必改其形以顯其音。使作此字者，知有金鈿之鈿而用之，是為假借；若其本不知有鈿字，自造一从金田聲之字而用之，而適與古字合，此例在文字孳乳中亦不乏，見後。則即轉注之例矣。中國文字，雖有變遷；而造字之法，則自古迄今，未嘗有改。就後世之事觀之，固足證章氏之說之確也。

第八章 假借

假借之說，似較轉注為易明。然亦有宜辨者一端，則《許書》所謂假借，究係後人所謂引伸，抑真係假借是也。假借舊說，可分三端：㈠曰因義近而借，㈡曰因形近而借，㈢曰因聲近而借。因義近而借，此即所謂引伸，實不容說為假借。後之人或以許書所謂假借，實今所謂引伸；今所謂假借，當別之曰通假：其說非是。見後。形借聲借二端，又當以聲借為主。因許明言「依聲託事」也。

六書之中，假借之法，實為最妙。以有此，則可省無數無用之字也。夫義之差別無窮，而人所能發之聲有限。使造字而以義為主，義有微別，即須另造一字，則字可繁至無窮。且事理之同異，人人所見不同。據義造字，字數既多，用之必不能一律。何則？甲見為兩事有異而用兩字者，乙或謂兩事不異而用一字也。則文字必紛然淆亂矣。故用字必以聲為主，聲同即字同，為其常；聲同而字不同，為其變也。

天下有無窮之義，不能有無窮之聲。夫如是，則必有聲同而義異之語矣。然言語變遷，最為微妙。彼於其義之相近，虞其淆混者，自能雙聲相衍，疊韻相迤，別成一音；而於其義之相遠，不虞淆混者則不然。因言語之別成一音。而為之製字，此文字之所由孳乳，象形、指事、會意、形聲、轉注五種字之所以成；若不製字，即取一固有之事而用之，此則文字之所由減省，而假借之所由起也。然則假借者，乃與其餘五書，立於相對之地者也。然假借仍具造字之用。

故假借之字，有始終未造本字者，此最假借之正格也。然既造本字而仍不行者亦有之。如二十年前之僩儀二字是。說文口部有然字，說曰「語聲」，然經典皆祇作然，亦是此例。後書皇后紀贊：「祁祁皇孋，言觀貞淑」。注：「字書無孋字，相傳音麗，蕭該音離。」此亦僩儀之類，雖造而旋廢，故字書無之也。凡《許書》中假字行而本字廢者，皆此類也。

又有其字極熟，而本義全不見者。如《說文》訓所為伐木聲，引《詩》曰伐木所所，而今所字見於詩書者，皆係借為處字。此蓋其字本可不造，故雖造而旋廢，而轉假借義以行。此又假借之別例矣。

《釋例》云：「古人之用字，惟以聲為主。故於有是語無是字者借之，即有是字者亦借之，取其入耳可通而已。」予案文字本非一人造之，頒行天下；庸有甲造之而乙未知，此方有之，而彼方無有者。況《說文》之為書，遠不如經典之古。凡《說文》有本字，而經典無之者，安知寫經典時即有此字？即謂經典皆漢人所寫，然出於漢初，亦較說文為古。則以今有本字，古書祇作借字，因謂古人於有本字者亦用借字，實未安也。然不論形之合否，聲同即入耳可通，確有是理。今不甚通文義之人，下筆固全是聲借字，亦未見其不能達意也。知有本字，以為不必用，而仍作借字者亦有之。如知有働儎，而下筆仍作動載；知有她牠，而下筆仍祇作他是矣。然義之分別，至後世而始嚴。聲同而義旁不同之字，在後人視之為兩字；在古人視之，固仍一字也。故有許多分別，實至後世而始生，據後世之義，而謂古人所用，全屬借字，終覺其未安耳。

借字據音，其例有四：㈠為雙聲，如借賴為利，借答為對是。㈡為疊韻，如借冰為棚，借馮為淜是。㈢則一語分為二，如借不律為筆是。㈣則二語合為一，如借諸為之乎是。大抵重言語助及人地物名，借字最多。他種字古人用借字者，後世或別造字，此三種則不然。因重言語助，本無實義；人地物名之字，有本有所取義者；而不然者，其義即無從追求；且亦造不勝造也。

就字之筆畫言之，則有所謂省借及增借。省借如借隹為維，增借如借蓋為盇是也。予謂省借者，乃既有專字之後，仍用未造專字時之字；增借則既有專字之後，并以之代原字，實仍以聲為主而已。非欲於筆畫有所增減也。然因增減筆畫而借者，事亦有之。如鄗地名，今以為鄉黨字；混豐流，今以為雜亂之溷；皆圖省筆畫而然。其借筆畫多之字者，如古人於包多作苞是。此由古人作字，多好茂密也。見後。

古今字形之變，大抵由聲變而來。如菽豆二字，周人之文多言尗，惟《戰國策》張儀謂韓「五穀所生，非麥而豆。」漢以後則多作豆。段氏說。此即因古今聲變而然也。亦有由地域之殊者。此方之語，入彼方而音譌，而其義如故，用字必求適合其音，於是不別造字，即須假借他字矣。甚有彼方之音，再行流入此方，此方化之，亦舍固有之字而用借字者。張行孚曰：「造字之初，雖止一音，而字之疊韻雙聲，一轉即變。此處讀鮮音，彼處必有讀斯音者；此處讀丘音，彼處必有讀𠥼音者；此處讀軒音，彼處必有讀昕音者。彼處所讀之音，流傳於此處，而一字亦有兩音矣。」其說最通。

一處之方言，必有一特製之字以表之，乃能適合。《說文》姐下云：「蜀人謂母曰姐，淮南人謂之社。」此特有之語，蜀人用形聲之法，為之製字；淮南人則不製字，僅借固有同音之字而用之也。使蜀人而不製字，則亦必假借同音之字；使統一文字之時，而廢方俗之字，則亦必用假借字，以代特製之字矣。如今廢囝字而代以與囝同音之字。

篆隸筆勢不同，改篆為隸，字有因之而廢者，則亦假借以代之。《説文》：「𠦒，箕屬，所以推糞之器也。」《集韻》：「𠦒，呂靜作䉒。」以䉒代𠦒，即以𠦒字不便隸寫故也。此亦假借之一例，挂氏附説，論之最詳。

假借本但取其聲，故一字也，借之者可至極多。段氏論匪字曰：「有借為斐者，如《詩》有匪君子是也。有借為分者，如《周禮》匪朌，鄭司農曰匪分也是也。有借為非者，如《詩》我心匪鑒，我心匪石是也。有借為彼者，如《左傳》引《詩》如匪行邁謀，杜曰匪彼也；《荀子》引匪交匪舒，即《詩》彼交匪舒是也。」蓋其用之本主聲，故聲合即無乎不可也。

義旁分別，後世乃嚴。聲同而義旁不同，或一有義旁，一無義旁，在古人視之，即以為一字。故今字所用之義，考諸古書，有兩字互易者。如據《説文》，僮為未冠者之稱，童即奴，然後世相承，皆以童為童幼，僮為僮僕是也。王氏筠云：「職下云：記微也，是經典識字義，《論語》默而識之，多見而識之是也。識下云：常也，是經典職字義，《釋詁》職常也是也。史部說曰，記事者也，故事字即在部中，曰職也。《易》曰：君子以多識前言往行，以畜其德是也。讀《說文》者誤解事職也之職，為周官太宰之職之職，幸得不改」云云。此亦僮童之例，特其互易較早耳。夫彼此互易，則不啻此既借彼，彼又借此矣。特以分別宜存，故兩字未廢其一。《說文》絳與紅，來與麥，後人謂其互譌，理亦由此。

借字之聲，與借此字以為用之語之聲，不必密合。蓋造字本屬難事，故不徒有適合之聲者，即取以為用而不別造，即但有相近之聲者，亦即勉強用之，而不更造也。《釋文敍錄》引鄭玄曰：「其始書之也，倉卒無其字，或比方假借為之，趣於近之而已。」衛恆亦謂「數言同字，其聲雖異，文意一也」是也。然亦有既經假借，後來音變者。如《說文》樣有重文像，可見樣像二字，古為同音。古人所謂象者，即今人所謂樣。然廣韻別有樣字，以為式樣；今人亦別借樣字；此即因假借之後，像字之音變遷故也。夫像字則改借樣字矣。此類聲音已變，而借字未改者何限？在今日觀之，則以為不合；當其借之之時，固未嘗不合也。

以上皆論聲借。至於形借，在後世幾絕，而古代則確亦有之。如止下云「象艸木出有址，故以止為足。」正从一从止，而古文从一足。說曰「足亦止也。」夫止足異物，古人亦不應混淆，而祇作一字者；明係造字不多，形似之物，即行借用，此則祇可謂之形借矣。《說文》所載之文，已非三代之舊。其所謂「故㠯為」「故借以為」「古㠯為」「古文㠯為」者，大抵或為引伸之義，或屬聲借之條，或則理有難通，如疋字，「古文以為詩大疋字，」無論如何解釋，終覺於理未妥。此等祇可闕疑耳。或則說傷穿鑿；如西下云：「鳥在巢上也，日在西方而鳥西，故因以為東西之西。」不知西栖本一語，栖乃西之後起分別文耳。造字不多之時，因形借用之例，可考者甚鮮。然試即其所載諸文而分析之，以求其原，則以一形而涵眾義者甚多。其義或絕不相干，既不能說為聲借，亦不能說為引伸；固不得不歸之造字不多，因形借用也。詳見予所撰說文解字文考。

假借之字，必其義相去較遠乃可，近則有混淆之虞。如《說文》艸部：萩，蕭也。木部：

楸，梓也。《左氏．史漢》，「秦伐周雍門之萩，」「淮北常山已南，河濟之間千樹萩，」皆借萩為楸，遂不免於混淆。若其義之遠者，假策為冊，人必不誤簡肩為馬韮也。譯外國地人名，不宜似中國人地名，理亦同此。小徐顧謂「智者據義而借，淺者遠而假之，」可謂翩其反而矣。蓋由未知引伸假借之別也。

假借所以求字之簡，故凡不虞其混淆者皆借焉；即別造之，終亦必廢；如祡禷諸字是也。或問如是，則高禖之禖字，何以獨存？應之曰：此由戴記等書，偶作禖字，經典為後人所尊，不敢擅改，故得藉之以存也。且高禖二字，後世文字中，用之者甚少。苟其及之，必通知古書之人也，自無不能作禖字者矣。若使高禖亦如司命井竈諸神，為比戶所尊，公私文字，行用者多，亦未必不改作媒字也。說文：祕，神也；閟，閉門也；二字音同義遠，實可用假借之例，省去一字。故後世所謂祕密之祕，由閟字引申者，亦遂作祕。然閟字亦得不廢者，則以詩「閟宮有侐，」借閟為祕也。此理與禖媒二字之並存同。亦見後論文字孳乳淘汰。此實音義皆同字之例耳。見後。

假借古多而後世少。㈠由古人之分別，不及後世之細。㈡由後世事物，繁於古人，若其用字仍如古人之但取其聲，勢將無以為別。㈢則古代文字去語言近。而後世則遠；言文相去近者，目擊焉而不解，入於耳而即通；相去遠者，則不能耳治，而專恃目治，紙上更無以為別，勢必混淆不可通矣。此自今古異宜；以今議古非，生今反古，而自以為雅，亦未是也。

然假借之例，行於後世者仍不少。如邱地名，今以為諱孔子名之「丘字。」洋水名，今以為海洋字。瞞、平目也，今以為面謾之謾。怕、無為也，今以為畏懼之詞。瘵、病也，癆、朝鮮謂藥毒，今皆以為肺結核病之名。凡若此者，一言蔽之。曰，省去一字而已。夫瞞，後世無其語，可廢也；謾，後世猶有其語，不可廢也。以瞞為曹操之名，不能廢，乃廢謾字而以瞞代之，假借之巧如此。因假借以淘汰無用之字，其嚴如此。參看後論文字之孳乳淘汰。

又假借之字，至後世仍有變遷。如前所舉樣字，乃因音變而改焉者也。其緣於義者，如《說文》：適，之也；嫡，孎也；孎，謹也。用為適庶，均屬借義。然古借適而後世借嫡者，古用字專主聲，適字之用廣於嫡，其字較熟；後廿用字兼重義，用女旁之嫡，於適庶之義，較有關會也。

假借用字，雖不宜生今反古；然欲通知古訓，則此例必不可不知。王氏引之《經義述聞·

序》述其父之言曰：「詁訓之指，存乎聲音。字之聲同聲近者，經傳往往假借。學者以聲求義，破其假借之字，而讀以本字，則渙然冰釋；如其假借之字而強為之解，則詰𥷚為病矣。」予案古人分別粗，故其字簡。後人分別細，故其字繁。當分別既細之後，示以分別尚粗之語，必不能解。改讀假借之字為本字，不啻於少別之字，多為之立別云爾。此其所以易明也。

第九章　引伸

有類乎假借而實不然者，時日引伸。許說假借云，「依聲託事，」而其所舉令長二字，實為引伸之義。其所云「故㠯為」「故㠯為」等，亦或屬於引伸。故有以許所謂假借，當今之引伸；別今所謂假借，謂之通假者。然古人思想粗略，所舉之例，與界說不合，未容深求。至全書說假借處，有與界說不合者，則《許書》本博采而成，不出一手，不能以此駁彼也。說已見前。三方矛盾，自以仍從界說為是。且揆造六書之說者之意，必以此為造字之六法。假借者，因固有之字以為字，實亦具造字之用；而引伸則字義之遷變，全與造字無關。說六書而求還古說之真，亦自以稱用本不相干之字者為假借，由一義輾轉遷變者為引伸為得也。

引伸者，字義之遷變，即語義之遷變。其根原則在人觀念之遷變。人之觀念，本無一息而不變；亦無兩人之觀念，全然相同；特其別甚微，人不易覺耳。然閱時既久而更回顧焉，則判若兩義矣。夫觀念之遷變，無一息之停；而語言為固定之物，勢不能朝更暮改。積之久而其義漸殊，實為無可如何之事。以今義解古語，必不能合，即由於此。然語義之遷變，自有其一定之規則。能得其規則，則樊然淆亂之義，其中皆有線索可尋。如是，則可自源沿流，而用字便；亦可自流泝源，而讀書便矣。此引伸一端，所以雖不在六書之內，而以實用論，則尤要於六書也。

引伸之例，今試略舉之。如《說文》天下云：「顛也，至高無上。」此指人身最高之處，及蒼蒼在上者言之。人身最高之處，於全體居首；人生最要之事，於諸事中亦居首。食者人所恃以生，固諸事之首也。蒼蒼在上者，為人所仰望，人所恃以生之事，固亦其所仰望也。故引伸為「民以食為天」之天。又如篤，「馬行遲也。」凡行遲者，足之著地必實，故引伸為篤實之義。若此者，看似絕不相干，而實由一義轉變，與不相干而依聲託事者，截然不同。此等意義之遷變，除廑少之字，無不有之。新義既生，舊義仍在。凡字之為用愈廣者，其義即愈紛歧。欲通訓詁，實以此關鍵，不可不留意也。

或曰：子不謂許所說本義，果係其字固有之義，而經典所用之義為後起；抑語義本不指實，造字者因無可著手，乃託之於實事實物，未可定乎？今為此說，是自與前說相背也。應之曰：吾前說謂文字至孳乳寖多時，是否其所指者尚必為實事實物，而玄虛之義，有待於後來之引伸，為可疑耳。如「天顛也，至高無上，」此明指人身最高之處及蒼蒼在上者言之。安得謂造字之時，先有顛義，乃引伸為至高無上之義；抑先有至高無上之義，乃引伸為顛義乎？則亦孰能決「民以食為天」之天字之義，出於撰《許書》說解者之後邪？故以《許書》說解所舉之義，為真傳之自古，早於他書所舉之義則不可；至謂語義之發生，必先實事實物，而後及於玄虛之字，樊然淆亂之義，必非同出於一時；則固無可疑也。

第十章　文字之孳乳

六書皆造字之法，其中象形為從無字時造字；指事、會意、形聲，則既有字之後，即以字為材料而更造字。此二者，當此造字之時，其語言皆已前具。轉注者，既有字之後，一語化為多語，察其不能不更造，乃造一相類之字，與之並行。假借則既造字之後，又有新生之語；以固有之字，可以借用，遂借焉而不更造；而此等可以不造之字，前此有已造者，亦據此理而淘汰之；既有造字之用，又有減省文字之功者也。然則字之孳乳寖多者，其理皆與轉注通；而其淘汰滅省者，其用皆與假借同矣。今故於論轉注假借之後，並申論之。

稍讀字書之人，皆曉自古訖今，音義相同之字甚多。（字有形音義三端，此則惟形有別。）此物也，淺而言之，則曰音義皆同耳。若深求之，則又可分三種：㈠字之聲旁相同，（或同用一字，或雖不用一字，而兩字之聲相同。）惟義旁為異，義則全無區別者。㈡兩字聲義相同，一有義旁，一無義旁。㈢兩字亦一有義旁，一無義旁，然其義相類而仍微別。此三種中，惟第一種為真音義皆同字，第二種當名之曰累增字，第三種當名之曰分別文。真音義皆同字及累增字，大抵一存一廢，與未嘗有此字等；惟分別文與字之孳乳，大有關係。

分別文之所以作，王氏筠區為二例：㈠正義為借義所奪，加偏旁以別之者。如頃，「頭不正也，」引伸為凡不正之稱。其義為頃畝俄頃所奪，乃別作傾字，以表不正之義；（阜部又有⿰阝頃，則與傾為音義皆同字。）新之本義為取木，其義為新舊之新所奪，乃別作薪字，而訓為蕘是也。㈡本字義多，加偏旁以分其一者。如公本兼公平公侯二義，則造伀字，衹分其公平之義；曾下曰：「詞之舒也；」會从曾省聲，説曰「曾益也，」與土部增之説解同；則增字之作，祇分曾字「益也」之義是也。此種作用，可謂與假借正反。假借者，一語具兩義，覺其不必造兩字，而省去其一。此則一語具兩義，覺其必別造字，乃增造其一者也。所以異於轉注者，轉注義同而聲微別，此則聲同而義有廣狹之異也。

分別文之數極多。《説文》有一部數字，盡是分別文者，如句部三字，丩部二字是也。而出於《説文》之後者尤多，如《説文》祇有讎，而今又造售；《説文》祇有責，而今又造債；《説文》祇有賈，而今又造價及估；《説文》祇有意，而今又造臆及憶；皆新字既增，舊字不廢，此皆因其不得不增而增焉者也。後人或以新增之字為俗，下筆務寫古字，不知多字皆由一字繁衍，若執此等見解，則凡字之同衍一聲者，皆但存其所取之聲，而其餘皆可去矣；有是理乎？

又有本一字而後分為兩者，此亦與字之孳乳有關。如《説文》本祇猶字，今乃移易其偏旁之位置而作猷；明日之昱，經典借翌為之，亦作翊；翌戴本當作翼，俗亦作翊，而不作翌；亦是此例。又偏旁相同，惟因位置之異而成兩字者，古已有之。如唁訒，棊櫳，⿰忄禺愚，衍洐是也。明字古文从日，祕書説日月為易，亦與茲例相符。然此係造字時即然，非一字後分為兩也。

《說文》本祇句字，今乃小變其筆畫之形狀而作勾；《說文》旁、雱、徯、蹊、篡、匭、帥、帨、拓、摭、育、毓，皆一字，而今皆分為兩，皆是也。又有一字而化為多字者，如「亨象薦熟，因以為飪物之稱，故又讀普庚切。享之義訓薦神，誠意可通於神，故又讀許庚切。其形薦神作亨，亦作享；飪物作亨，亦作烹」段氏說。是也。沿其流則多歧。泝其源則是一，實亦分別文之例矣。

又有字形不變，然後世之義，全與古異者，此不啻舊字已廢，復以新義起而用之，亦與字之孳乳有關者也。如《說文》：詭，「責也，」而俗以為詭詐。證，「告也，」而俗以為證據。此不啻訓責之詭、訓告之證已廢，而詭詐之詭、證據之證復生也。亦不啻造字也。此等字究係假借古字以為用，抑後人造字適與古合，殊難斷言。大約字之通行本廣者，必後人借用古字；其不甚通行者，則後人造字，字形適與古合也。

凡俗字，往往古已有之。如《說文》：矘，「目無精直視也，」此今之瞠字也。眙，「直視也，」此今之瞪字也。眕，「目有所限而止也，」此今眼光釘牢之釘也。𥄎，「目冥遠視也，」此今瞄準之瞄也。癶，「足刺癶也，」今喇叭字當如此作。此等語皆見存，而其字已廢；然別有新字代之，則亦不啻未廢矣。以上兩例，於字雖無所增，而能使之不滅。

文字孳乳，有一最要之例，時曰反訓。蓋知識日增，言語必隨之而廣。然言語非可憑空創造也，故有一新觀念生，必先以之與舊觀念相比附。其觀念而相類也，則小變其音，以示順承；其觀念而不相類也，則亦小變其音，以示違逆。逆順之情雖異，而其語之必有所本則同。此各國文字，語尾之所以有變化也。言語公例，為凡人類所莫能違，吾國豈獨能自外？故謂吾國語言，語尾本無變化者，妄也。特其造字不純主聲，末由著之於文字耳。夫其發聲既已變化而成兩語，則其造字亦必別異之成兩形，此固自然之理。然造字本屬難事，故古人於聲之相近者，往往即行借用。鄭玄所謂「趣於近之」者是也。夫其義相順承而同用一字者，自後人視之，不過謂古人之觀念，不及後人之明晰耳。若其義實相反，而字亦從同，則自後人視之，有不勝其可異者矣。今試遐稽古訓，則凡義之相近者，無論其為順承，為違逆，而其聲必皆相類。其中有已造兩字者，亦有未造兩字者。義相順承而已造兩字者，即所謂分別文；其未造兩字者，則未有分別文以前統括諸分別文之義之字也。義相違逆而已造兩字者，就眾所共知者言之，如賣買授受之類皆是。《說文》：切下云：「材十人也，」此十倍之義。而《王制》「祭用數之仂，」則什一之義，與賣買授受之例正同。就古書所用之字觀之。如《易．繫辭》：「爻也者，效也；象也者，像也。」《呂覽．勸學篇》：「凡說者，兑之也，非說之也。今世之說者，多弗能兑而說之。」皆其分用兩字者也。其未造兩字者，求諸古書，實不勝枚舉。姑就記憶所及，舉其一二：如《說文》「祀，祭無已也。」从已而訓為無已，可知已含已及無已二義。達下云：「行不相遇也，」而通下云：「達也，」可知達亦含通與不通二義。又如《說文》云：矉，「恨張目也，」而通俗文云：「蹙頞曰矉。」《說文》庸下訓庚曰：「更事也，」而〈小雅．毛傳〉，訓庚曰續。亦皆義適相反。就古書所用之字求之：則如《孟子》曰：「徹者徹也，」《禮記．郊特牲》曰：「親之也者，親之也，」皆其即作一字者也。郭注《爾雅》：謂「以徂為存，猶以亂為治，以曩為曏。以故為今，此皆詁訓義有反覆旁通，美惡不嫌同名。」而惡知夫古人讀之，音皆小異，初無同名之嫌哉?夫音義既異，而形仍一，一時偷用可也，久之必不免於混淆。《論衡．案書篇》曰：「讖書云：董仲舒，亂我書。讀之者或為煩亂，或以為理。共一亂字，相去甚遠。」自漢人已患其如此矣。此等不便之處，必不容不施補救。補救之道維何?亦曰：將此等應造而未造之字，悉行補造而已。義相順承而補造者，即分別文是，已述於前。義相違逆而補造者，一時雖難徧疏舉；然觀反訓之例，古有今無，即知此等應補造之字，悉已造足。偶有未及補造者，則又以讀破之法代之。讀破之法，由來甚古。《顏氏家訓》云：「江南學士，讀《左傳》，口相傳述，自為凡例。軍自敗曰敗；打破人軍曰敗，讀蒲敗反。」案《公羊》莊二十八年〈解詁〉云：「伐人者為客，讀伐長言之；見伐者為主，讀伐短言之。」可知江南學士之凡例，原係漢儒所傳。所謂讀破，實即長言短言之別耳。長言短言，是即吾國之語尾變化也。自有讀破之法，則語尾變化，亦得著之於文字；不必造字，而已增出無數文字矣。字亦有不待讀破，仍不慮其混淆者，則雖造兩字，後亦必亡其一，而其僅有讀破之別者無論也。如說文：「壞，敗也。」「𣪠，毀也。」爾雅釋文引字林：「壞，自敗也，下怪反。𣪠，毀也，公怪反。」二字音義皆微別，實與「軍自敗曰敗，打破人軍曰敗」之例同。然今惟行一壞字，而敗字之音，亦無有別其長短者矣。此緣後世語法改變，壞之之與自壞也，敗人之與敗於人也，自有他法可以立別，不恃聲之短長，故仍淘汰之，歸簡便也。

文字孳乳，又有一最要之例，時曰複音。複音者，對單音言之。單音以一音表一義，複音則以二音或多於二音者表一義也。複音字之區別，略有十二：㈠合雙聲之學而成者：如夷猶、悒鬱、參差、彷彿等是。㈡合疊韻之字而成者：如玫瑰、蜉蝣、逍遙、窈窕等是。㈢本一字也，因雙聲而化為兩，仍合為一語者：如能耐、做作是。㈣一音而析為兩者：如茨為蒺藜是。㈤重言：如桓桓、皇皇、熊熊、汩汩是。㈥加發語詞：如阿父句吳是。㈦合同類之詞而成：如道路、賓客、剛強、欣悅等是。㈧合相類之物而成：如貓犬、木石、楮墨、衣食等是。㈨合對待之詞而成：如男女、父子、東西、水火等是。㈩合分別之詞而成：如歌謠、筵席等是。（合樂曰歌，徒歌曰謠。敷陳為筵，藉之為席。）(十一)二字相屬成義：如口津、眼淚、深謀、奇勇等是。(十二)外國語：如單于、拓跋等是。由一至六，皆聲音之變遷；由七至十一，則意境之變遷；十二則非我國所固有也。

複音詞有必兩字連舉，乃成一義，析之則其一字不復成義者，時曰連語。凡外國語皆然。本國語則以動植物之名為多，他種字亦偶有之。《說文說解》之例，於上一字舉其名，兼釋其義；下一字即緊承上字，而說解則但舉其名。如玉部瑾瑜二字相連，瑾下云：「瑾瑜美玉也，」瑜下云：「瑾瑜也」是也。其有複音字中之一字，係為此語特製，而其餘之字則不然者，則數字不必相承；於特製之字之下，舉其名並釋其義；餘字之下，即不復及。如珣下云：「醫無閭之珣玗琪，」玗琪二字不承珣，說解中亦不及珣玗琪是也。此等複音詞，似析之而其中之一字仍有義者，然「但云蘭非芄蘭，但云葵非鳧葵；」則雖有義，而已非此語之義，仍不害其為連語也。此種為真連語。近人或并㈠㈡㈢㈣㈤五種，悉以入之。然第一種與第三種，實係一事；特其化成兩字較早，吾儕不能見其先有某一音，乃化出某一音者，則歸諸第一種；而其化分較晚，吾儕今日，明見能耐即一字，又明見先有作而後有做，則歸之第四種耳。夫兩字既係一字，則但舉一字，實亦足該兩字之義。故夷猶雖可合為一語，而《莊子》「宋榮子猶然笑之，」意初無異於夷猶；悒鬱雖可合為一語，而《孟子》「鬱陶思君爾，」意亦無異於悒鬱也。《禮記．內則》：「炮，取豚若將，刲之刳之，為稻粉，糔溲之為酏。」〈注〉：「刲刳，博異語也。」「糔溲，亦博異語也。」〈疏〉：「云刲刳博異語也者，按《易》云：士刲羊，又云：刳木為舟，意同而語異。」「云糔溲亦博異語也者，亦者，亦上刲刳。」此即因一字已足盡意，而語調非重言不圓，故求之聲同韻異之字，其實與重言無異。特重言則兩字全同，此則下一字變其韻耳，故謂之博異語也。凡文中兩字向係連用，而忽焉拆開者，皆同此理。如老子「恍兮忽兮」「忽兮恍兮」是也。左昭二十五年：「鸜之鵒之。」疏曰：「此鳥以兩字為名，但謠辭必韻，故分言之。」案文法必衷於理，鸜鵒二字之分言，固以謠辭須韻故，然因協韻名即可將複音字拆開，則亦因複音字本屬博異言之類，一字足攝兩字之義也。至於疊韻之字，初非由一語變化而成。然亦古人單呼累呼之例。單呼累呼者，如《士冠禮》注：「韇，藏策之器。今時藏弓矢者，謂之韇丸。」韇即單呼，韇丸即累呼也。凡字皆可分聲韻二部，急讀之則但得其聲，緩讀之則兼得其韻，此亦與一音析為兩者同例；特其析較晚，吾儕猶及知之者，則以入第四種；其析較早，而吾儕不及知者，則以入第二種耳。亦非其一字遂無義也，而重言之本係一字；但重複言之者，不必論矣。故此等皆非真連語也。

複音字之兩字意義相同，但舉其一，即足見兩字之義者；昔人謂之複語。實指第七種言。後人或并第(八)(九)(十)(十一)四種，亦以入之，此又非也。複語必如《左》宣三年之「載祀六百，」成十三年之「殄滅我費滑，」「虔劉我邊陲，」既言載，又言祀；既言費，又言滑；既言虔，又言劉；其義毫無所異者，乃足當之。案載祀虔劉，其為複語易見。費滑則一為國名，一為都城之名，似非複語者。然古人國名及都城名，初不甚別。此時費已滅，惟有滑邑屬晉耳。秦滅滑，不滅費；左氏他處言滑者甚多，未嘗冠費以別之；故知此處言費言滑，意實相同。正義謂「並舉以圓文，」自不誤也。 若第十一種，兩字相屬，乃能成義，刪其一字，義即不全；第八種明係兩物；第九第十種，正取相對相反為義：何複之有？

第六種加一發語詞，毫無取義，祇是取其多此一音耳。蓋人當發語時，有一音已足達意，然非兩音則語調不圓者；於是於有義之音之外，更加一無所取義之音，以諧其聲。韻文中之多「詞，」即以此故。說文中「詞也」之詞，有音而無義。詩經中字，為詞者甚多。看王氏經傳釋詞可知。 欲求語調之圓，能加此等無義之詞最善；然無義之詞有限，且不能隨處輒加，於是不得已而取及同義之字，此即古人所謂複語矣。

其取之之故，《左氏疏》謂以圓文。夫其所取之字，與此種加發語詞者不同，其取之之故，則無以異也。複語兩字皆有義，且其義相同，固不能指作此語者，於某一字係取其義，某一字係取其聲。如「載祀六百，」不能指為取祀字之義，而加載字以諧其聲，亦不能指為取載字之義，而加祀字以諧其聲也。故其用意雖與此種加發語詞者相同，要不得不析之為兩例。又有雖取有義之字，實於其義無取，亦是祇取其聲者。此則反覆推校，不得不謂與加發語詞者同例矣。此例也，古人謂之挾句。《周禮》：「司巫，掌群巫之政令。若國大旱，則帥巫而舞雩。」〈注〉：「鄭司農云：魯禧公欲焚巫尪，以其舞雩不得雨。」〈疏〉：「尪不必舞雩，故〈檀弓〉云：魯穆公曰：吾欲暴尪而奚若？縣子曰：天則不雨，而暴人之疾子，虐，無乃不可與？〈鄭注〉云：尪者面鄉天，覬天哀而雨之。明非無雩之人。司農兼引尪者，挾句連引之。」方東澍《漢學商兌》引此，謂《易》「潤之以風雨，」「巽而耳目聰明，」皆是此例，其說是也。案《詩．周南》「宜爾子孫，振振兮。」〈疏〉：「此祇后妃不妒，眾妾得生子眾多，而言孫者，協句。」《左》昭十三：「鄭伯男也。」〈注〉：「言鄭國在甸服外，爵列伯子男。」

〈疏〉：「鄭伯男也，舊有多說。《周語》云：鄭伯男也，王而卑之，是不尊貴也。王肅注此與彼，皆云：鄭伯爵而連男言之，猶曰公侯，足句辭也。杜用王說。」挾句之挾，義不可通，蓋協或足之借。此例《周官疏》中最多，皆言挾句，亦間有作協句及足句者。蓋單音進為複音之時，得相當之詞甚難，故雖如此例之易以致誤者，亦不得已而用之也。

第八種合相類之物以成一語，第九種合對待之詞而成一語，意皆非並舉相類相對之物，而在示相類相對之義；此於文字孳乳，所關亦大。夫宇宙間物，由玄學究極言之，固無不互有關係。然自恆人觀之，固有絕無關係者。此等絕無關係之物，決不能連屬而成詞，以其別無新義也。如行文時連書木與貓，發言時連稱石與犬，其意不過並舉兩物；讀其文，聽其言，絕不能於此兩物之外，別有所得也。若並舉相類相對之詞則不然。言貓犬者，意非謂有貓有犬，乃謂獸為人所豢。言木石者，意非謂有木有石，乃示物之無所知。然則言楮墨，猶云作書所需；言衣食，猶言資生所恃；言男女，則示生人形體之殊；言父子，即含嗣續相承之義；言東西，意謂方位之不同；言水火；以見物性之相克；皆非徒舉兩事或兩物審矣。相類相對之物，皆有形跡可求；物之相類相對，實惟人心所造；二者固不容并為一談。知識淺陋之世，徒知有相類相對之物，未知物有相類相對之義；自祇有相類相對之物之名，而無示物相類相對之義之語。知識日進，知各物之關係日深，則所以表其相類相對之義之語，自不容無矣。故此兩例，非徒將向所已有之語，聯而屬之；實能將向所未達之義，表而出之也。字雖猶是，而義則新矣。故曰：與文字之孳乳，大有關係也。

第十種合分別之文以成詞，亦於文字孳乳，所關甚大。天下事異中有同，同中有異；既有專名以別其同中之異，自應有公名以統其異中之同。知識淺陋之世，但知見一事即立一名，而於諸事異中之同，初未見及。夫且不知異中之有同，自不能有統合同異之公名矣。稍進，則知就一切事物，籀其異中之同，立以為類。於斯時也，則表示其類之通名亟焉。然其造之甚難；乃先以「對文則別，散文則通」之例濟之。如災祥對舉，祥為善，災為惡，而獨舉則祥亦為善惡之通稱；飲食對舉，各有所指，而散言則食亦兼飲是也。士喪禮：「櫛於簞。」注：「簞，葦笥。」疏：「曲禮注：圓曰簞，方曰笥。則是笥簞別。此注簞葦笥者，舉其類。」此亦「對文則別，散文則通」之例耳，毋庸多立名目也。更進，乃能合分別之二文，以為一語。而散文則通之單音語，亦皆變為複音語矣。

複音字之大略如此。除第六第七兩種外，無不於單字之外，別增新義者；非徒複其音，便於口齒而已。其孳乳文字，為何如哉？吾國古代，單字所增甚多，至後世則所增甚少。即有所增，大抵古已有之。如前所舉曭眙已字是。又有暫行即廢者，觀今日字典中字，十有八九皆不行用是也。譽中國字者，因謂其文法精妙，祇此常用數千字，而意無不達。詆中國字者，又謂其陳舊不適於用。皆非也。中國言語，久進為複音。故其文字，所增者亦皆複音。單字如故也，複音字則所增多矣。此等情勢，並非至後世始然。如《說文》：「筩，洞簫也。」此乃為洞簫所作之專字。然王褒《洞簫賦》，不單云洞，可知即用筩字，亦不能單作筩，而必兼作筩簫。此如今人為燈心造芯字，若作字書，自可訓之曰「芯，燈心也，」若作文字，豈可但書芯字乎？以此推之，則苷字說云：「甘艸，」設使筆之於書，亦必連用艸字，而不得但寫苷字也。然則中國文字之進於複音也舊矣。

吾因疑古代之字，有不止讀一音者。段氏曰：「古文廾仍讀二十兩字。秦碑小篆，則維廾六年，維廾九年，卅有七年，皆讀一字，以合四言。至《唐石經》，二十皆作廾，三十皆作卅，則仍讀為二十三十矣。」予按《說文》：「犙，三歲牛。」「牭，四歲牛。」「𩡧，馬八歲。」亦未必但讀一音也。何則？筆之於書，則見三四八之外，又有牛馬旁，可知為三歲四歲之牛，八歲之馬；若出之於口，仍止一參字，四字，八字之音，聞者且不知所指，而焉知其為牛馬之齡乎？然則「㸉白牛也，」「䮝馬之白也，」「虤，虎聲也，」「𤜵，犬吠聲，」用之語言文字，亦必云㸉㸉之牛，䮝䮝之馬，虎聲虤虤，犬吠𤜵𤜵；而不得但曰㸉，曰䮝，曰虤，曰𤜵審矣。（此亦足證許說皆附會字形，非真能得字之本義。參看前論六書非古說處。）《說文》廾下云：「二十并也，古文省多；」卅下云：「三十并也，古文省；」云「省多，」云「省，」明讀之仍有兩音。否則一音造一字，乃理之常，何云省也？

一字讀兩音，即是兩形祇寫一字。書寫筆畫，誠可減省。然破一字一音之例，實覺不便。故後世遂廢不行。近人顧有譏先民造字，既能合兩形成複形字，何不表雙音成複音詞。謂蝄蜽當作⿰虫⿱罔兩，鴟鴞當作⿰⿱氐号鳥者。殊不知複音詞增益無窮，而單音字則為數有限。何也？人所能發之聲有限也。造字而以單音為主，使人所能發之聲皆備，則複音詞無論如何增益，皆可取固有之字以表之。（新造之字，縱有數必極少。）欲通文字者，能識此數千字足矣。此何等簡易！若隨複音詞之增而造字，則字必增至無窮。目前之識字既難，而閱時稍久之書，其字遂不可識；此何等繁重！夫謂教不識字之人使識字，拼音之字，便於今日之六書，固也；然人之識字，非徒識之而已也，將以讀書。讀書者，必於字識之既熟，一目十行，乃覺其可樂；乃能閒暇即取書讀之。若必字字拼其音而讀之，則其煩苦莫甚。非至萬不得已時，又孰肯讀書以自苦哉？識字誠為難事，言語國民所固曉。言文縱不一致，若能相近，則文法並不難。然其所難者在熟；識而不熟，亦與不識相去無幾。謂以注音字母教人，使其略解拼法，便可用以讀書，恐終子虛烏有之談也。或謂造複音字雖無益識字，然究可減省筆畫；在今日人事繁迫之時，作字之工夫，亦宜計算也。殊不知文字貴與語言相合。另造一音字無論矣。若仍用今日之字，并一為兩，如⿰虫⿱罔兩⿰⿱馬号鳥等，則所省之筆畫無幾。而一字一音純一之例先破，豈非得不償失？改養气而為氧，廢輕气而作氫，吾亦終以為多事也。

抑今之詆訾漢文者，豈不曰為普及教育之梗乎哉？夫教育固宜望其普及，亦當冀其增高。今國民失學者多，生計又極窮迫；補習之機關，既難於多設；強迫之年限，亦無望加長；固當卑之無甚高論。然使將來失學者漸少；強迫之年限，亦漸可增多；豈有不望其程度增高之理？夫欲望其程度之增高，則數千年來之古訓，必不容束之高閣矣。欲求通知古訓，則漢文不徒不可廢，并不容以私意妄立條例，紊亂其自然之規律。何者？漢文複音詞增而單字不增，故複音字改而單字無改。識通行數千字者，使讀先秦兩漢之籍，雖須研求訓詁，無庸更辨字形，其便一矣。各種學問，皆可先通今而後稽古。獨欲深溯通文字者，則由古及今易，由今溯古難；不音事倍功半而已。此人人知其然，而寡能言其所以然者。吾謂無難知也。中國單字雖不增，而複音字之增者無限。複音詞之根源，皆在此數千單字中。如觀望與觀察不同也，觀察與觀覽又異；歡欣與歡樂不同也，歡樂與歡悦又異。若此者，逐其末而求之則將勞而不徧；即能徧焉，亦終不免隔膜。然若能深通此數千字之訓詁，則於後此之蕃變，皆一目了然矣。此多讀三代、兩漢之書者，所以於後世文字，一通而無不通也。其便二矣。夫識數千字，即可以徧讀古書；通數千單字之古訓，即可以駕馭後此蕃變不窮之詞；此皆漢文最善之處，非我之文字，出於自創，而又數千年來，緜延不絕者不能也。見後。如此寶貴之產業，可不善保守之以貽後人乎？欲保守此產業，則必自護持漢文，勿以私意加以改革，並勿以私意妄立條例，亂其自然之規律始。

第十一章 文字之洮汰

反乎孳乳作用者，是為洮汰。其最著者，草如音義皆同字之省。音義皆同字有兩種㈠兩字之聲旁相同，而義旁亦相類者。此必造字之時，各造其所造。（亦或既造之後，書寫者隨意改易其偏旁，如後所舉詠咏之例。）《說文》中兩部首之義相類者，部中此類字即最多。如口部有吶，言部又有訥；止部有歱，足部又有踵，彳部又有徸是也。文字雖非一人所造，然造者自必遵循眾所共知之例。此其所以各造其所造，而自然相類也。此類兩字之用全同，本可不必有兩，故皆一存而一廢。

又其㈠，則兩字一有偏旁，一無偏旁。此必無偏旁者在前，有偏旁者在後。故釋例稱為累增字。夫加偏旁而義異者，此釋例所謂分別文也。分別文之加偏旁，取其義之異也。若累增字，則既加偏旁，義仍不異，亦何取而增之哉？曰：此由古人作字，好尚與今人不同。今人好簡省，多取減畫；古人尚茂密，轉尚多畫耳。說見下。（後世亦有此等字，然因造字之意不可見而增之，非徒取其多畫也。如「喿，群鳥鳴也。从品在木上。」三口已見群鳴之意，然俗又加口作噪者，俗視喿字祇以為一聲旁，不復見群鳴之意也。此例古亦有之，如告从牛而牿又加一牛，益从水而溢又加一水是。釋例謂之累增之失。）凡此等字，亦必一存一廢。有先出者存者，如囗部因，手部捆，說文皆訓曰「就也，」捆實因之累增字，今行因不行捆。亦有後出者存者，如夊部，「复行故道也，」彳部「復往來也，」二字音義實同，復為复之累增字，今行復不行复是也。大抵不加偏旁，無由見造字之意；或字體不方正，不便隸書者；（如屰逆。）皆後起者行，否則多先出者存也。

凡音義皆同字，無論其為累增，非累增，必皆僅存其一。其不然，則因後世之讀音不同。如訕與姍是也。又不然，則因其一為專名不可廢。如呂膂之並存，以呂氏大呂等不可作膂；察詧之並存，以蕭詧之不可作察；侂託之並存，以韓侂冑不可作託也。又不然，則因經典所用，不容擅改。如勁勍之並存，以《左氏》一用勍字；（僖二十二年。）讋慴之並存，以觸讋不可改作慴；而《史記》「一府中皆慴伏，」（項羽本紀。）又不容改作讋也。（前所舉禖媒二字，即此例。）凡此者，兩字各有其用，實已與分別文無異。更不然，則因俗人作字，相類之義旁恆相亂。如詠咏並行於今，非俗人知《說文》詠字，更有或體从口也，乃其下筆，言旁口旁，本不審諦耳。《說文》之所以有或體，蓋亦或以此矣。

音義皆同字，即重文也，而許不言為重文。王氏《釋例》，輯得四百四十三字。許氏瀚謂不無遺漏。以吾觀之，則所失尚多，非直遺漏而已。王氏謂「同音同義之字，類聚者有三種：㈠為無部可入之字。如云[illegible]二字，不入雲部，即無復可隸之部也。㈡為偏旁相同之字，如祺之籀文禥，祀之或體禩，不得入他部也。㈢為聲意不合之字，如臮之古文[illegible]，雖从囧从[illegible]，兩體明白，而不可入此兩部，故附之臮下也。此外則皆不然。蓋恐竹帛迻謄，易滋魚豕，有部首定其字之半，即為亦不過一半，故別隸之。」非此三例而類聚者，皆出後人移并。舉嘯之籒文歗，《文選·嘯賦李注》，謂在欠部，唐初字書，不過《說文》、《字林》為證。其說似辨矣。然許於此等字，明言其相同者，不過與下云「此與予同，」亥下云「與豕同」而已，外此則皆不及，欲謂許知之而不得也。然重文之數，如此其多，謂許皆不知之，似又不然。蓋《許書》本博采而成，所采者以為重文，即許亦以為重文；所采者不以為重文，即許亦不以為重文也。此亦足為《許書》體例不能純一之證。王氏謂「許君目為重文者，據當時仍合為一；不目為重文者，據當時已分為二。」此說甚通。殊不必更立前所述三例，求之深而反失之也。重文非重文之說，亦不能畫一。故有許書不以為重文，而他書以為重文者。如說文析榛為兩字，而玉篇則以榛為析之重文，蓋各有所受之也。

單音字如此，複音字亦然。如峙躇二字，《說文》心部作⿱⺮⿱壽心箸，足部作蹢躅，《毛詩》作踟躕，《廣雅》作蹢躅，又作跢跦；今惟存躊躇用之心，踟躕用之足，蹢躅取其平仄有異，餘皆廢矣。以此三者具分別文之用，而餘則成音義皆同字也。

音義皆同字，本係重文；存其一，廢其一，猶未為洮汰作用之大者也。洮汰作用之大者，莫如將本有微別之字，亦洮汰之而祇存其一。如《説文》：「伍，相參伍也；」「什，相什保也；」「百，相什佰也；」其義與五字、十字、百字，實有虛實之不同。然今什伍二字，因十人為什，五人為伍，及參伍之義而存；佰字惟俗人作之，或相什佰之義，則竟可作十百矣。又如聿下云：「楚謂之聿，」筆下云：「秦謂之筆，」則此二字之音，亦必微異。設無《説文》此二語，後人亦必謂聿筆二字，音義全同矣。然則今所謂音義皆同字，誠為重文者固多，其實有微別者亦不少。而今皆一廢一存者，古雖有別，至後世察其無用，則亦從而廢之也，豈非洮汰作用之甚大者哉？

有等字，古人之偏旁，本係有意立別，後世仍去之，其理亦與此同。如《説文》人部之偰，稷契之契。管子之帝俈即帝嚳，嚳本可作告，加人即為俈。皆因其為人名而加人旁；《説文》女部自娀至娸十八字，以其為女人字號，皆加女旁；此猶後世書英吉利為暎咭唎耳。然旋皆省去者，以其固不必有此別也。其當立別者，則亦相沿不廢，如嗶嘰未嘗省作畢幾是也。嗶嘰之所以不能省者，以音譯之名，宜於無義，而畢幾則嫌於有義也。不當省者即不省，可見所廢皆其當廢者矣。此又見洮汰作用之審。蓋文字變遷之途，其陰行而為人所不知者，其當如此。此亦見文字不容以私意穿鑿，妄為改變；而今之動欲改革文字，輒曰吾欲云云者之無當也。

古人乏統一觀念，一事一物，輒為專立一名。後人則不然，除不容不立專名者外，餘皆取公名加之於專名而成一名；此於文字之洮汰，亦為用至大。近人胡適，嘗論國語之進化，謂《說文》牛羊馬諸部，皆以其雌雄大小毛色之別，多立之名；今則但曰雄牛，雌牛，大羊，小羊，白馬，黑馬而已。予案古以一植物而繁立專名者，莫如荷華。已發曰夫容，未發曰菡萏，實曰蓮，莖曰茄，葉曰荷，本曰蔤，根曰藕；雖有扶渠之總名，不以被之華葉等也。今則以荷為總名，除蓮藕為果品，仍存其專名外；餘則但曰荷葉，荷花，荷蕊，荷梗，荷根，何等簡易邪？要之識字實為難字；然陰行於文字間之變遷之例，於單字之可省者，皆必盡力省之；其有所增，則皆萬不容已者也。文字自然變遷之例，其妙如此；安用私智穿鑿者之吾欲云云邪？

第十二章　字形之變遷

孳乳洮汰二例，皆有關於字之增減者也。又有無關增減，而亦逐漸變遷者，此則許所謂「改易殊體」者也。

此等變遷，例亦不一。有隨觀念而變者，如伎今作妓，儋今作擔，以古之伎主於男，後世之伎主於女而言，擔何，古人從從事儋何之人著想，後世則從人之儋何用手著想也。前舉適庶之適，古借適而後世借嫡，理與此同。特彼則異其借字，此則改易字形耳。有因音讀之異而變者，如棓俗作棒，剈作剜，以後世讀音聲肙聲與古異也。[說文中形聲字，正或體所從之聲，有不在一韻部中者，蓋亦由此。]此皆改其字之偏旁者。

又有並不改字，特因筆畫書寫之不同，而字體遂異者。此其最著，厥惟隸變。隸變之例，舉不勝舉，必別為專書，乃能論之。講字學者，多好攻隸變之失，此亦未必盡然。今之講字學者，所見止於篆書。篆書得許氏說解，一若字字皆有其理者。而隸書則無人為作說解；即有之，其不與篆合處，人皆謂篆先而隸後，亦必右篆而左隸。其實如予之說，篆隸初即一物。[見中國文字變遷考。]古隸字體與篆之異，猶之篆隸之自異，並無古近之可言。後世篆隸分為二物，篆書廢而隸獨行。篆體既廢，自然無復變遷。[即有譌變，亦必甚少。]而隸書則變遷無已。此等變遷，誠出於篆書之後；[亦即出於古隸之後也。]其失篆書原意處，亦誠不少。[亦即失古隸原意。]然須知今之所謂篆書，[即古隸。]其不古實亦已甚。其失古代文字之原意處，亦已不知凡幾。特吾儕所知篆以前之文字不多耳；若能多得之，據以考篆之字形，則其變遷而失原意處，較之後世隸書之失篆意，或且更甚；而《許書》說解，其與後世陋儒，據隸書而說字意者，相去亦正無幾耳。

然此不足為後世之文字病，而適足為其進化之徵。何也？文字之在後世，幾全以代表語言。而在古代則不然，言語與文字，同以代表物象。夫物象者，人之意也。人之達意，恃乎語言；語言不能傳久而行遠也，則有文字，以著其跡，以濟其窮。然則文字但能代表語言足矣。然古人不知此理也。故其造字也，非以表語言之聲，乃以表語言之意之形。夫語言之意之形，則即物之象也，此古人造字，所以必始於象形也。夫物之象，為人意之所及者無窮；而恃分理相別異；能賦之形，以著其跡者有限，此象形之術之所以終窮也。故文字之初造也，必象物之形，而及其後，則必改而表人之聲。物之形可象者無幾，而人之聲蕃變而不窮；故雖如我國文字，非主衍聲者，形聲字亦十八九。然則識字恃乎字之形，仍可見意中之物象邪？抑不恃此邪？吾謂識字不恃字之形仍可見物之象，而貴字字有其特異之形，使人一望易知不至淆混。何也？字以代表不同之聲，自亦貴有不同之形也。夫造字者，欲字字而造之，使其形各不相蒙，此雖神聖有所不能也。故必先造若干字以為之母，而其餘之字，即用字母拼成。字母之數，不能多也，則用相類之母，拼成之字，其形亦必相類，遂不免於混淆。其弊一也。各字所用之母，多寡不等，則其字之大小亦不等。夫合許多字而居一簡，其大小自以相等為便；即一字之形，亦以使其不致過大為便；（參看後文引日本山木憲之論處。）而今不能然。其弊二也。此二弊，今之西文皆有之。中國文字，於第一弊雖不能免，已較西文為少；於第二弊則絕無。此由中國文字，不純衍聲，故拼成一字之字母，不至過多；又其字母之寫法，在各字中可以改變；故能如此也。

此例也，在小篆中已可見之。王氏《說文釋例》所舉，篆書偏旁，改易原形者其例有四：㈠為拆開字形。如衣部衰至褱二十一字，皆分衣於上下；行部字無論會意形聲，無不將彳亍拆開；㗊部五字，㗊皆分居上下。又如皕部之奭，**𢆶**部之幽，及歲之从步，**㯻**之从束是也。㈡為變其橫直。如舛部之舝，變舛之左右相背為上下相背；艸部之𣂔，變艸之形為**⿱屮屮**是也。㈢為割裂字體。如瓊之或體琁，从旋省，水部又有淀，旋从**㫃**从疋，去方留**⿱𠂉疋**，與施从**㫃**也聲，而今隸改辿為迤同是也。㈣為兩借。如齋从示齊省聲，二上屬為齊，下屬為示；羆从熊省聲，能上屬為罷，下屬為熊是也。此等皆別無可說之理。王氏謂「建首五百四十字，他部從之而變其本形者，大率取匹配整齊，（以使字大小相等。）無他意，其在本部亦然。」可謂允矣。至於筆畫譌變，足以失本來之意者，篆書中亦自不乏。如開之古文[illegible]，乃象以[illegible]去一。篆書變為開，斷其一為兩，直其[illegible]為幵，（嶧山碑即如此。）以[illegible]去一之意，不復可見，段氏遂曲說幵聲矣。（亦王氏說。）

要之以偏旁造字，或為指事，或為會意，或為形聲，其初固各有用意。然去古既遠，指事會意之意，已不可見；即形聲亦因音讀之變，不能即聲旁而得其聲。故偏旁在一字中，幾全不見，其取以造成此字之意；特藉其筆畫累積，構成字形耳。惟其然也，故苟能使其形狀不同，則即兩字所从之偏旁全同，亦無妨礙；《釋例》所謂「體同而音義異」是也。體同而音義異，除前所舉棗棘等以重並為別外，又有三例：㈠如人部伐，戈部戍，同云从人持戈，特以人字位置不同，而成異字是也。㈡如本末朱皆从木一，天立皆从大一，特以一之位置不同而成異字是也。㈢如尹丑皆从又从丿，特以丿之長短不同而成異字是也。又有兩字同从一字，而一从其全，一从其省者。如梟从鳥在木上，槝（蔦之或體。）从木鳥聲；葠从侵聲，⿱艹𠬶从侵省聲；縱从從聲，縱从從省聲是也。所從之偏旁相同，而增減或改易其筆畫之形狀，使成兩字，必非初造字時所有。蓋亦「改易殊體」時，自然而起者矣。

六書以形聲為多，篆書已然，後世愈甚。然指事會意之例，亦非絕無。蓋中國字既非衍聲，則其造合體字所重在義；兩體皆義，可以成字；兩體皆聲，不能成字也。然兩體皆聲之字，亦間有之。如《彰長田君碑》「討⿰國或畔夷」之⿰國或，《漢隸字原》謂即馘字是也。夫兩體皆聲，既非取其切音，則無可以成字之理。然而亦間有之者，則以中國字惟主於形，苟能使其形不同於他字，即可勉強行用。其如何造成此形，固可不問也。

以字以所重，但在全字之形；而其所從之偏旁，無大關係也；故偏旁之隨意改易者極多。如力刀之譌，（勮劇勊剋劫刦等。）日白之異；（皡皓昀，說文皆从日。）形雖各別，義可相通，猶可言也。至如竹與艸，則絕然異物，然後世二者多互譌。（如荅相承作答。）《說文》竹部：籓，「一曰蔽也。」艸部：藩，「屏也。」

尸部：屏，「蔽也。」則籓下一曰之義，即藩字之義，艸竹互譌，其來舊矣。《容齋三筆》云：「書字有俗體一律，不可復改者。如沖涼況減決五字，悉以水為冫，雖士人札翰亦然。《玉篇》正收入於水部，而冫部之末亦存之，而皆注云俗，乃知由來久矣。」此與《說文》之艸竹互譌，皆足證偏旁隨意改易，古已有之也。

較改易偏旁更甚者，則為隨意改易字形。此風在六朝最甚。凌霞趙撝叔《六朝別字記·序》云：「六朝碑版，點畫偏旁，隨意增損。怪誕紕繆，觸目皆然。即如造象之中，區軀二字，厥狀甚夥。王妙暉造象作⿷匚吅，僧資造象作⿷匚品，趙阿歡造象作⿷匚吕，天和四年造象作⿷匚罒，紀僧諮造象作軀，清位信女楊造象作軀，元寧造象作塸，路文助造象作鏂，曹續生造象作傴，郭于猛造象作樞。聊舉其一，以例其餘，則其變態不窮可知矣。至唐崔懷儉造象，則又作⿷匚畐；是乃沿波逐流，變之又變者也。」字形變遷至此，可謂不可究詰。夫字既只論全字之形，則此等變遷，似亦無礙。然使其過甚，終不免淆亂。故至後世，又講究釐定字體，嚴別正俗，以殺其勢也。

之字

正俗，初無一定標準。大體以古為正，而亦不能盡然。如処字本說文處之或體，而今則以為俗字矣。要之不過從眾而已。文字之存廢，與其孰為正俗，其決之之權，固皆在社會也。

字有以繁重而廢，簡便而行者。如[illegible][illegible]二字，後世無作之者；虫[illegible]蟲同字，而說文蟲部祇五字；絲部字少，系部字多；䰜部字重文最多，要皆畫少者行，皆是也。然古人作字，最好文飾。故如中之作[illegible]，[illegible]从廾持斤聿聿从又持巾，聿从聿一，實一字。[illegible]古文梁。之加一畫，夶比之古文。[illegible]文之古文。之加兩畫；王氏筠謂皆「但取文飾，別無他意，」其說甚是。[illegible]不从難而从䕼聲；懼不从䀠而从瞿聲；臾為蕢之本字，更造蕢字，不作萸，而從從臾得聲之蕢，理亦同此。蓋後世人事日繁，言語日巧，作書之具日便；故筆札之用益多，而文字日益冗長。其作書也，務求其速，故惟取簡畫之字。古人與此相反，而其作字惟求美觀；其所謂美觀者，則不主疎而主密，故專取多畫之字。籀文較古文為繁，小篆又頗省大篆，即由於此。古筆畫極少之字，所以卒廢；而字之偏旁累增者，或至於無所取義；如「或，邦也；从口，从戈，戈以守一，一，地也。」其或體域，又加以土，已無取矣。然猶可說曰或字造字之意，已不可見，改或為域。乃改合體象形為形聲也。乃如非部[illegible]字，次朿皆聲，則除求茂密外，更無他說矣。亦此也。篆繫於古籀者，亦偶有之。如信之古文作㐰，歸之籀文作[illegible]，薇之籀文作[illegible]是也。然其數極少。

第十三章 中國文字之優劣

文字之優劣，未易言也。天下惟極簡單之物，乃可由一人造之，頒之眾人，令其試用；見有更善於此者，則舍其舊而新是謀焉。而文字之為物，則不如此。文字之為物，乃由眾人共出其意，逐漸造成。蓋所造者十，而存者不一二焉。由事後觀之，則其存其廢，皆有至理存乎其間，然在當時，固莫能知之也。然則欲圖改革，事已不易，況乎悉棄其所有而謀其新邪？自海通以來，西洋文物，日接於耳目。國人震其富強，遂舉其一切事物，無不善之；而中國之所固有者，則舉以為非。夫吾亦不謂西洋之事物，皆惡於中國也；西洋事物之善於中國，彰彰明甚者，則固多矣。然至於文字，則固不然。且言語所以達意，文字所以代言；即謂西洋文字，善於我國，然在彼為善者，不必其在我亦為善也。況乎彼之文字，固未必善於我邪？昔梁任公嘗因論帝制事而發憤曰：「古德諸之所言者，吾則既言之矣。所惜者，吾髯不虬，吾眼不碧，不足動邦人之聽耳。」今以吾而論中國文字之善，又豈足以服人。無已，其仍借重外人之論乎。日本人有山木憲者，嘗著論曰《息邪》，所以闢彼國唱廢漢字節漢字之說者之妄也。篇中盛稱中國文字之便，歷數歐美文字之不便。原文載庚戌歲彼國《近畿評論》。明年，吾國山陰杜亞泉譯為華文，載於《東方雜誌》，距今十有四年矣，吾重思之，猶無以易其言也。今就杜氏譯文，節其繁詞，而錄其說於左：

山木氏之論曰：「中國文字之善，為宇內各種通用文字之冠。世有為廢漢字節漢字之論者，欲廢漢字而代以羅馬字，或減少漢字之數；是殆狂者之所為，皆心醉歐風之弊也。此論之生，非關文字，乃國勢消長之關係耳。文字之極則，在於明確簡潔，傳之千百年，讀者仍易於理會。此數事，求其無憾，惟中國文字，足以當之。他日之徧布於宇內，可斷言也。

歐美文字，有單數(singular)複雜(plural)之別。變化其字形或有規則，或無規則。以表之。單數者一，複數者二以上也。名詞(noun)代名詞(pronoun)動詞(verb)皆有之。法德文則冠詞(articles)亦有焉。夫自二以上，皆苞以複數，則三四以至十百千萬，皆不必識別也；乃一二反須別其單複，豈非無謂之甚乎？

男性(masculine)女性(feminine)之別，英語尚不甚嚴。法、德、荷蘭，則絲毫不容鹵莽。夫宇內萬物，生物而外，並無男女之分。乃無生機之物，無形體之事及動詞，一一附以男女性，牽強附會，豈不甚哉？英文於此，格律不嚴，並無障礙；則其有之者，亦無用之長物而已。

冠詞之種類及用法，英文不甚詳備；其餘諸國，則辨別殊嚴。因單複男女性之別及人稱之序，而為種種變化，亦無用之長物也。

時之大別，不過過去現在未來。更細分之，殊傷繁雜。歐美文字，於此辨別甚嚴。日本文亦有此法，而不如歐美之繁縟；且即不依其法，亦未嘗不能達意也。漢字則別以一字表之。就一字而言，絕無因時變化者。行文時亦不別立他種方法。讀其文，過去現在未來，極為明了。何必設此繁縟不便之法乎？

歐美文字：名詞、代名詞、冠詞、形容詞(adjecitve)、副詞(adverb)、動詞字之首尾或全體，皆有種種變化。或有規則，或無規則，法甚奇詭，不便莫甚焉。

數(number)也，性(gender)也，冠詞也，時(tense)也，字形之變化也，皆無必須之理；徒以相沿成習，廢之則意有不通耳。欲去此不便，舍廢其文字，改其語法末由。此等自東亞人觀之，悉皆無用之長物，而為歐美人語法之本；於是不得不研究文典。中國及日本，皆不用此贅物也。近來日本語學者，橅放西風，亦編日本文典，而不知日本人固無須乎此也。

歐美文字，皆依音製。故因古今音譌，而字形屢變，後人遂不可讀。Angloland譌為

Angland，而Angland，又訛為England；安知England不更訛為Ingland乎？音之傳訛，如水之就下，不能禦也，而文字乃蒙其禍。夫依音制字，雖似易於通俗，實亦未必盡然。況音訛字變，使人不可復讀乎？日本若採用羅馬字，亦必同蒙此禍。惟中國字，雖其音屢訛，而其形不變。千百年後，無不可復讀之憂。同文之國，不論語音如何懸異，皆可藉文字以達意。較之歐美文字，孰為利便，不待智者而知矣。

中國文字，筆畫亦有繁密者。然面積相等，一目得認五六七八字。案此即不純衍聲，及偏旁在各字中寫法可以改易之利。見上。讀時可十行俱下。歐美文字，細書之往往長至二三寸。其冗長者，筆畫較中國尤繁。一字上半在上行，下半乃在下行。各字長短錯綜；其字又由反切聯綴；一字尚不能一目了然，況六七字乎？鈔錄印刷之時，中國字每頁幾行，每行幾字，易於計算；篇幅若干，可以豫定。歐美文字，於此亦殊不便也。案中國字因偏旁在一字中即失其原形，故排字及打字等，殊多不便。然有如此節所述之便，則亦足以相償矣。

中國字一字一音，一呼吸間，可讀數十字，數秒間可讀數十句。歐美文字冗長，同義之字，同意之說，用之費時必多。今以中國字與英文對列，以中國音比英國音，孰長孰短，豈醉心歐美者之口舌所得而爭乎？

父(father)　邑(town)

母(mother)　村(village)

夫(husband)　境(boundary)

妻(wife)　百(hundred)

子(son)　千(thousand)

女(daughter)　萬(million)

兄(elder brother)　口(mouth)

弟(younger brother)　鼻(nose)

山(mountain)　春(spring)

川(river)　夏(summer)

島(island)　秋(autumn)

國(country)　冬(winter)

都(city)

以上尚皆實字中之略簡者，其更繁之實字，及虛字助字之類，觸目皆是。如會(assembly)，手巾(handkerchief)，開明(civilization)，區分(distinguishment)，直(direction)，法制(constitution)，歡待(hospitality)，造(manufacture)，細心(conscientious)，記憶(commemoration)，交通(communication)，光輝(illumination)等是也。英文如是，他國文字，可以類推。人名地名，冗長尤甚。俄國一軍艦之名，有至九音者，與日本三四軍艦之名相等矣。案中國語言，今已進為複音。然大較亦不過兩音而止，在三音以上者甚少也。至於文字與語言，相距較遠者，仍能保其單音之舊，故尤有簡潔之美。

以中國文與歐美文較，孰簡潔？孰冗漫乎？汽車中之揭示，日文大逾英文三倍，而所占之地，不過英文二之一。是日文與英文之繁簡，為一與六之比也。日文之所以簡，乃參用中國文之效也。若中國文，則較日文更為簡潔，歐美文字，殆無從比較矣。抑歐美文之冗長，不徒文字，亦其語法之不備。常有日本文二三語可了者，歐美文則必重章疊句，申言之，更詳言之；反言之，更換言之；不如是，則其意不明也。中國文字，有此弊乎？《論語》《六經》姑勿論，《孟子》《孫子》《左傳》《遷史》等文，豈歐美人所能夢想乎？案言語之簡，中國殆為天下最。不獨今日與歐美日本相較為然也，在昔較諸印度已然。試觀意譯之經必簡，直譯之經必繁可知也。夫文字之簡，不徒省時也。語愈簡則涵義愈富，意味自覺深長。此實文章之所由美。今之效歐美文法者，乃務為佶屈不可讀之句；作白話文者，亦縱筆之所之，不事刪削，一若惟恐其不蕪者；不亦下喬入幽乎？

彼輩謂言文一致，則學問易進；又以歐美諸國為言文一致；此皆無稽之談也。歐美諸國之民，未受教育者，雖無不能語言，而亦不解文字。然則言語自言語，文字自文字可知。案杜亞泉曰：「國民識字者之不多，由於教育之制未備，不能歸咎於文字。否則滿蒙藏文皆標音，何以其民識字者亦不多也。」言文一致之實安在？取學者所著政法、哲學、教育諸書，朗誦於俗人之前，能理會乎？苟其不能，言文一致之效安在？且言文不一致，乃文章進步之故，不足憂也。夫文章愈進，則格法愈奇，規律愈整；口舌筆札之間，遂相懸隔，此亦自然之勢。所貴乎文者，為其能達意，有感人之力耳。口舌之間，無論如何巧妙，而無推敲點竄之暇，不能如文字之簡練潤飾；又語言必較文字為冗，徵諸速記錄自明，故言語必不能如文字之簡勁。果其言文一致，則其文字之不進步可知。進步之文，必不能與語言一致也。彼持言文一致之說者，實未知文之義也。案語言文字之異，有兩大端：㈠人之發為言語，及其聽受言語較速，而其作為文字，及閱讀文字較遲。故文中一語，語言中必化為二三語，或反覆言之。不如是，則聽者不及領受，即言者之心思，亦不及應付也。又語言過而不留，而文字則有跡可按。故發言時，於緊要之語，慮人遺忘者，必反覆提挈，而文字則不然。故無論如何，語言必較文字為冗。以語言直書於紙，則蕪雜不堪；不徒不能加明，且恐因之而晦矣。㈡人當發語時，挈音有高低，形態有張弛，皆所以表示其情。言語之感人，固不徒在其所言之理，而在乎言者之情也。作為文字，則凡聲音之高低，形態之張弛，皆無有矣，果何恃以感人乎？故善為文者，其詞句必不能與口中之語言相同。變其所言，所以補聲音及形態等之不足也。準是二理，言文必不能一致。今之白話文，苟欲求工，亦必與語言相去日遠。夫為程度極低之人計，文字稍加修飾，即恐其不解。乃務與口語相近，此原未為不可。然豈得以此為文字之極則，且懸此以為文學所求之鵠邪？

今日本幸參用中國字，三四種新聞，朝食之前，可以偏讀。若廢漢字而用假名，或羅馬字，則讀一紙新聞，已非容易。報館因記載需時，館員必增，館費必大。且因文字之冗，紙數亦必增加。報館之資財，必因而大困。教科書亦然，一切書籍印刷物書信等，無不蒙其不便者。廢漢字之論，豈非梗塞文明之途，違世運而逆行者邪？

若夫節漢字之說，則較廢漢字之說更妄。廢漢字者，欲以他種字易之，猶可說也。節漢字者，乃欲減省通用之字。夫文字之數，盈千累萬，何國不然？是皆千百年來，迫於需用而漸增者。豈能減而少之？視見觀察也，喜悅歡欣也，怒懼恚忿也，日人以日語讀之，意若相似，實則各有一義，不容強同。且如敬慎恭謹，誠實忠信等，雖同為德行上之字；然其字愈多，則德行之觀察愈明，研究愈細。若強減之，是阻其研究，淺其觀察也。此導人類於野蠻者之所為也。排斥中國文字者，以為難以認識。夫苟教授得其法，則事固非難。如現今中學校之教授，而以識中國字為難，則亦誣矣。維新前後之青年，學中國字，未嘗覺其難也。若謂難，則羅馬字亦何嘗不然。不學不知，當然之理。童時教以假名之讀本，長而責其不能識中國字，亦非理之求矣。

案中國文字，不徒不較歐美文字為難識也，且較歐美文字為易識，何也？歐美文字之易，不過覩其形則能得其音耳！然識字貴熟，不能臨時字字拼其音而讀之，前既言之矣。若論形之易識，則中國字字字面積相等，且各字皆有其特異之形，與歐美文之拼字母以成字，而字母之形狀仍在者不同。其易識一矣。以一字表一音，日增之複音詞，皆以固有之單字書之。複音詞雖日增，單字則不過此數。須識之字，無有定限。其易識二矣。夫通單字字義之後，因之以通複音詞之義，事並不難。而多記單字，則究為難事。以此故，吾於近今提倡減筆字，如改燈為灯，提倡造新字，如改養气為氤者，皆不謂然。以減筆字及新字既增，舊有之字，仍不能廢，徒增識字之勞也。

中國文字之便，歐美文字之不便，尚有其大者焉。英文非解英語不能讀，德文非解德語不能讀，歐美文字，無不然者。漢字則但須能辨其形，以英、德、俄、法之音讀之，無不可也。今日本人以日本音讀之如松讀マツ，杉讀スギ，花讀ハナ，草讀クサ是也。依此法，英人可讀日曰sun，月曰moon，花曰flower，木曰wood，作為文章，雖不解英語者，皆可讀以本國之音而明其意；增交通之便，助文明之運，利莫大焉。今中國南北，發音不同，各據鄉談，將如瘖聾之相對：滿洲、朝鮮，則言語本異；然無不可以書翰通意者。中國文字，既已統一語言龐雜之東亞大陸之民，而為同文之國；更進一步，即為宇內通用之文矣。案由此言之，則語言與文字之離合，亦各有其便否。先統一世界之語言，而後統一世界之文字，自以別造新字為便。如未能統一言語，先求統一文字，則中國字，固亦有其可用者在也。今歐美人不幸未知其便，一旦知之，必以公平之見，主張採用中國文字，亦勢之不得不然者也。至此則中國文字，通行宇內之機至矣。

予故曰：廢漢字節漢字之說皆妄也。中國文字，至便至利；歐美文字，至不便，至不利；中國文字，必通行於宇內。」

以上皆山木氏之論也。抑予更有進焉者：天下事用人力造成者，往往不能盡善。其自然生長者，則看似不便，而實有至理存乎其間。以人之智力，實不能高瞻遠矚也。今宇內通行較廣之字，其非由人力造成者，惟中國字而已矣。文字初起，本非用以表聲，而其後則必至於專以表聲而後止。今宇內通行較廣之字，其原起皆少晚；而其出較早者，則已廢絕；或雖未廢絕，而因國勢之不張，文明程度之不進，未能發揮而盡其用。其原起甚早，而又相承不絕，且能發揮以盡用者，厥惟中國文字。此今通行較廣之字，所以皆專衍聲，惟中國字，則猶存不專衍聲之舊也。而文字之為用，則實以不專衍聲者為便。山木氏言之詳矣。杜亞泉亦曰：「最完善之字，不能不用形聲之法，一旁以簡單之規則標音，一旁以明晰之部類表義」也。杜氏曰：「歐美文字，有標音之字母，而無偏旁部類。遇有同音異義之字，不得不變其聯綴之法以別之，因此標音之規則，不能一律。」案用形聲之法，卻無此弊。

夫一民族之進化，未至能造完善文字之境，而已與文明之族相接；則其造字，必不能純出自為，必借資於其所遇之文明之族。借資云者，非徒借吾之字以為用，如日本，借吾之字之偏旁以為用，如遼金也。即其造字之法，亦必資焉。而此文明之族，當初造字，其法如何，此時不可得見也。所能見者，則此時之用字，專以表聲而已矣。則此族之造字，安得不純用衍聲之法乎？今歐美文字，實出埃及；藏文出於印度，蒙文又出於藏，滿文又出於蒙。皆純用衍聲之法可證也。然則文字聽其自然生長，自能至於一旁標聲，一旁標義最善之域。埃及巴比倫等國之字，所以未能至此者，以其中道夭閼，未遂其長，歐美及漢蒙藏文字，所以未能至此者，則以其創造非出自然，其源頭上未盡善也。夫利害之數，至難言也。匹夫攘臂，而曰吾欲云云，往往見其偏而不能見其全，見其近而不能見其遠。惟歷千百年之試驗，經千萬人之評騭，以定其去取者，無此弊焉。中國字形之變遷，自篆籀以至行草，亦幾成兩種文字矣。則知苟變字形，而便於用，國人非有愛也。夫標音文字之法，中國非不之知也。梵書流布，亦既二千年矣。果使標音文字，較不純標音者為便，中國人既無愛於字形之變，此二千年中，豈無人焉，試造標音之字，而公眾遂承而用之者乎？然而卒不然者，則以標音文字，固不如吾國固有者之便也。一時之間，數十百人之智，其不足與二千年來舉國之人爭審矣。胡氏適論國語之進化，謂皆尋常百姓，自然改變之功；文人與文法學者，未嘗過而問焉。吾於文字亦云。文字之善否，宜合全國之人定之，不當由一二自謂通知文字之學者決之也。何也？自然之理無窮，人之所能知者，固有限也。

字例略說／呂思勉著. -- 臺二版. -- 臺北市
：臺灣商務, 1995〔民84〕
面； 公分. -（新人人文庫；78）
ISBN 957-05-1181-8（平裝）

1. 六書

802.23 84007400

新人人文庫 78
字例略說

定價新臺幣一四〇元

著作者 呂思勉
責任編輯 曾韻華
封面設計 江美芳
校對者 洪美容 胡恕明
發行人 張連生
出版者
印刷所 臺灣商務印書館股份有限公司
臺北市10036重慶南路一段三十七號
電話：（〇二）三一一六一一八
傳真：（〇二）三七一〇二七四
郵政劃撥：〇〇〇〇一六五—一號
出版事業登記證：局版臺業字第〇八三六號

• 一九六五年十一月臺一版第一次印刷
• 一九九五年十月臺二版第一次印刷

版權所有・翻印必究

ISBN 957-05-1181-8（平裝） 32600001

社會 教育 經濟 政治 法律 地理 遊記 傳記 考古 語文 文學 新聞 美學 書畫 娛樂

國學／群經／哲學／邏輯／心理／倫理／宗教／神話／數學／天文／物理／化學／地質／動物／植物／家政／農業